EL TAMAÑO DE MI ESPERANZA

JORGE LUIS BORGES

EL TAMAÑO DE MI ESPERANZA

Seix Barral ⟊ Biblioteca Breve

Primera edición: Editorial Proa, Buenos Aires, 1926.

© 1993: María Kodama y Compañía Editora
Espasa Calpe Argentina S.A./ Seix Barral
Tacuarí 328, 1071 Buenos Aires

Derechos exclusivos de edición en castellano
reservados para todo el mundo

Quinta reimpresión en Seix Barral/ Biblioteca Breve: junio 1995

Hecho el depósito que indica la ley 11.723

ISBN 950-731-075-4

Impreso en la Argentina

Inscripción

PROLOGAR UN LIBRO de Borges sería una tarea para mí inabordable por muchos motivos que no vienen al caso. Prefiero que esto sea sólo una nota explicativa para los lectores de Borges o para los que lo descubran a través de *El tamaño de mi esperanza*, que vio la luz en el año 1926, editado por Proa, y al que desterró "para siempre" de su obra.

Como el Gran Inquisidor, a través de un donoso escrutinio, Borges creyó haber alcanzado su destrucción y el "para siempre" que (como el "jamás") sabía que no les está permitido a los hombres.

Una tarde de 1971, después de recibir su *Doctorado Honoris Causa* en Oxford, mientras charlábamos con un grupo de admiradores, alguien habló de *El tamaño de mi esperanza*. Borges reaccionó enseguida, asegurándole que ese libro no existía, y le aconsejó que no lo buscara más. A continuación cambió de tema y me pidió que le contara a esa gente amiga algo más interesante; por ejemplo, nuestro viaje a Islandia. Todo pareció quedar ahí, pero al día siguiente un estudiante lo llamó por teléfono y le dijo que el libro estaba en la Bodleiana, que se quedara tranquilo porque existía. Borges, terminada la conversación, con una sonrisa me dijo: *¡Qué vamos a hacer, María, estoy perdido!*

Todos estos avatares rodearon de misterio y de curiosidad a esta obra de la que abjuraba e hicieron que, de todos modos, circulara a través de nefastas fotocopias entre los que se creían integrantes de círculos de elegidos.

Habiendo dado Borges su acuerdo para que partes de este libro se tradujeran al francés en la colección de La Pléiade, pensé que de algún modo la prohibición ya no era tan importante para él y que sus lectores en lengua española, y sobre todo sus estudiosos, merecían saber y juzgar por sí mismos qué pasaba con esta obra.

El primer libro de ensayos de Borges fue *Inquisiciones,* publicado en 1925; el segundo, *El tamaño de mi esperanza.*

A través del índice, el lector puede darse cuenta de que los temas tratados son los mismos que irá decantando y puliendo a lo largo de su vida. Creo que la fascinación de sus libros de juventud se debe, en gran parte, a que nos permiten comprobar de qué modo, como el flujo y reflujo del mar, están presentes siempre su apego a lo criollo, a la pampa, al suburbio, a Carriego y su cariño por la Banda Oriental; todo ello junto con su inquietud como crítico literario, que abarca desde Fernán Silva Valdés a Wilde, pasando por Milton y Góngora. Si a esto agregamos páginas como "El idioma infinito" y "La adjetivación", que nos hablan de su preocupación por el lenguaje y de la necesidad de utilizar con sobriedad los adjetivos, encontramos ya aquí todo lo que posteriormente nos presentará, aunque con una variante: el abandono de los neologismos o de palabras deliberadamente criollas, de términos que buscaba en un diccionario de argentinismos, según él mismo contó. Creo que esto es lo que más fuertemente despertó el rechazo de Borges por *El tamaño de mi esperanza.*

En cuanto al contenido, puede destacarse que, pese a su juventud, ya se había definido un equilibrio entre su amor por Buenos Aires y por lo universal. Equilibrio que los años transformaron en armonia, logrado al fin el tamaño de su esperanza, después de haber fundado míticamente su ciudad, de haberle dado una poesía y una metafísica, y de haber "ensanchado la significación" de la palabra "criollismo", hasta lograr "ese criollismo que sea conversador del mundo, del yo, del Dios y de la muerte". Es decir que, a través de ser esencialmente de su país, logró trascender lo universal.

Quizá el Gran Inquisidor, en su afán de buscar lo perfecto, fue injusto con ese libro de juventud. Creo que los lectores se alegrarán de que la obra exista.

María Kodama
Octubre de 1993

El tamaño de mi esperanza

A LOS CRIOLLOS les quiero hablar: a los hombres que en esta tierra se sienten vivir y morir, no a los que creen que el sol y la luna están en Europa. Tierra de desterrados natos es ésta, de nostalgiosos de lo lejano y lo ajeno: ellos son los gringos de veras, autorícelo o no su sangre, y con ellos no habla mi pluma. Quiero conversar con los otros, con los muchachos querencieros y nuestros que no le achican la realidá a este país. Mi argumento de hoy es la patria: lo que hay en ella de presente, de pasado y de venidero. Y conste que lo venidero nunca se anima a ser presente del todo sin antes ensayarse y que ese ensayo es la esperanza. ¡Bendita seas, esperanza, memoria del futuro, olorcito de lo por venir, palote de Dios!

¿Qué hemos hecho los argentinos? El arrojamiento de los ingleses de Buenos Aires fue la primer hazaña criolla, tal vez. La Guerra de la Independencia fue del grandor romántico que en esos tiempos convenía, pero es difícil calificarla de empresa popular y fue a cumplirse en la otra punta de América. La Santa Federación fue el *dejarse vivir* porteño

hecho norma, fue un genuino organismo criollo que el criollo Urquiza (sin darse mucha cuenta de lo que hacía) mató en Monte Caseros y que no habló con otra voz que la rencorosa y guaranga de las divisas y la voz póstuma del *Martín Fierro* de Hernández. Fue una lindísima voluntá de criollismo, pero no llegó a pensar nada y ese su empacamiento, esa su sueñera chúcara de gauchón, es menos perdonable que su Mazorca. Sarmiento (norteamericanizado indio bravo, gran odiador y desentendedor de lo criollo) nos europeizó con su fe de hombre recién venido a la cultura y que espera milagros de ella. Después ¿qué otras cosas ha habido aquí? Lucio V. Mansilla, Estanislao del Campo y Eduardo Wilde inventaron más de una página perfecta, y en las postrimerías del siglo la ciudá de Buenos Aires dio con el tango. Mejor dicho, los arrabales, las noches del sábado, las chiruzas, los compadritos que al andar se quebraban, dieron con él. Aún me queda el cuarto de siglo que va del novecientos al novecientos veinticinco y juzgo sinceramente que no deben faltar allí los tres nombres de Evaristo Carriego, de Macedonio Fernández y de Ricardo Güiraldes. Otros nombres dice la fama, pero yo no le creo. Groussac, Lugones, Ingenieros, Enrique Banchs son gente de una época, no de una estirpe. Hacen bien lo que otros hicieron ya y ese criterio escolar de bien o mal hecho es una pura tecniquería que no debe atarearnos aquí donde rastreamos lo elemental, lo genésico. Sin embargo, es verdadera su nombradía y por eso los mencioné.

He llegado al fin de mi examen (de mi pormayorizado y rápido examen) y pienso que el lector estará de acuerdo conmigo si afirmo la esencial pobreza de nuestro hacer. No se ha engendrado en estas tierras ni un místico ni un metafísico, ¡ni un sentidor ni un entendedor de la vida! Nuestro mayor varón sigue siendo don Juan Manuel: gran ejemplar de la fortaleza del individuo, gran certidumbre de saberse vivir, pero incapaz de erigir algo espiritual, y tiranizado al fin más que nadie por su propia tiranía y su oficinismo. En cuanto al general San Martín, ya es un general de neblina para nosotros, con charreteras y entorchados de niebla. Entre los hombres que andan por mi Buenos Aires hay uno solo que está privilegiado por la leyenda y que va en ella como en un coche cerrado; ese hombre es Irigoyen. ¿Y entre los muertos? Sobre el lejanísimo *Santos Vega* se ha escrito mucho, pero es un vano nombre que va paseándose de pluma en pluma sin contenido sustancial, y así para Ascasubi fue un viejito dicharachero y para Rafael Obligado un paisano hecho de nobleza y para Eduardo Gutiérrez un malevo romanticón, un precursor idílico de Moreira. Su leyenda no es tal. No hay leyendas en esta tierra y ni un solo fantasma camina por nuestras calles. Ese es nuestro baldón.

Nuestra realidá vital es grandiosa y nuestra realidá pensada es mendiga. Aquí no se ha engendrado ninguna idea que se parezca a mi Buenos Aires, a este mi Buenos Aires innumerable que es cariño de árboles en Belgrano y dulzura larga en Almagro y desganada sorna orillera en Palermo y mucho cielo en Villa Ortúzar y proceridá taciturna en las Cinco Esquinas y querencia de ponientes en Villa Urquiza y redondel de pampa en Saavedra. *Sin embargo, América es un poema ante nuestro ojos; su ancha geografía deslumbra la imaginación y con el tiempo no han de faltarle versos,* escribió Emerson el cuarenta y cuatro en sentencia que es como una corazonada de Whitman y que hoy, en Buenos Aires del veinticinco, vuelve a profetizar. Ya Buenos Aires, más que una ciudá, es un país y hay que encontrarle la poesía y la música y la pintura y la religión y la metafísica que con su grandeza se avienen. Ese es el tamaño de mi esperanza, que a todos nos invita a ser dioses y a trabajar en su encarnación.

No quiero ni progresismo ni criollismo en la acepción corriente de esas palabras. El primero es un someternos a ser casi norteamericanos o casi europeos, un tesonero ser casi otros; el segundo, que antes fue palabra de acción (burla del jinete a los chapetones, pifia de los muy de a caballo a los muy de a pie), hoy es palabra de nostalgia (apetencia floja del campo, viaraza de sentirse un poco Moreira). No cabe gran fervor en ninguno de ellos y lo siento por el criollismo. Es verdá que de enancharle la significación a esa voz —hoy suele equivaler a un mero *gauchismo*— sería tal vez la más ajustada a mi empresa. Criollismo, pues, pero un criollismo que sea conversador del mundo y del yo, de Dios y de la muerte. A ver si alguien me ayuda a buscarlo.

Nuestra famosa incredulidá no me desanima. El descreimiento, si es intensivo, también es fe y puede ser manantial de obras. Díganlo Luciano y Swift y Lorenzo Sterne y Jorge Bernardo Shaw. Una incredulidá grandiosa, vehemente, puede ser nuestra hazaña.

Buenos Aires, Enero de 1926.

El *Fausto* criollo

HACE YA MÁS DE MEDIO SIGLO que un paisano porteño, jinete de un caballo color de aurora y como engrandecido por el brillo de su apero chapiao, se apeó contra una de las toscas del bajo y vio salir de las leoninas aguas (la adjetivación es tuya, Lugones) a un oscuro jinete, llamado solamente Anastasio el Pollo y que fue tal vez su vecino en el antiyer de ese ayer. Se abrazaron entrambos y el overo rosao del uno se rascó una oreja en la clin del pingo del otro, gesto que fue la selladura y reflejo del abrazo de sus patrones. Los cuales se sentaron en el pasto, al amor del cielo y del río y conversaron sueltamente y el gaucho que salió de las aguas dijo un cuento maravilloso. Era una historia del otro lado del mundo —la misma que al genial compadrito Cristóbal Marlowe le inspiró aquello de *Hazme inmortal con un beso* y la que fue incansable a lo largo de la gloria de Goethe— y el otro gaucho y el sauzal riberano la escucharon por vez primera. Era el cuento del hombre que vende su alma a Satanás y el narrador, aunque hizo algún hincapié en lo diabólico del asunto, no intimó con tales farolerías ni menos con la universal codicia de Fausto que apetecía para sí la entereza del espacio y del tiempo. Ni la ambición ni la impiedad lo atarearon y miró sólo a Margarita que era todo el querer y hacia cuyo patético destino su corazón fue volvedor. Ya cumplido el relato —con mucho entreacto de aguardiente, ocurrencias y de recordación de la pampa— se levantaron ambos hombres, ensillaron al pingo colorao y al pingo color de aurora o madrugón y se fueron. ¿Adónde? Yo bien sé que Anastasio el Pollo surgió como una divinidad de las aguas, mas desconozco su paradero ulterior. Quiero pensar que fue feliz, pues varones como él enderezan siempre a la dicha y en la media hora de amistad y de charla que en el desplayado le oímos, traslució más divinidad que la que guardan muchos años ajenos. Yo emprenderé algún día una peregrinación al Bragao y allí en la hondura de los últimos patios, daré con algún viejo matero o con alguna china antigualla que recordarán gracias suyas (gracias borrosas, como antiguas monedas) y que me dirán la muerte y milagros de hombre tan inmortal. Antes, voy a considerar la poesía que me permitió conocerlo.

El *Fausto* de Estanislao del Campo es, a mi entender, la mejor que ha dicho nuestra América. Son aplaudideras en ella dos nobilísimas condiciones: belleza y felicidad. Y conste que al decir felicidad no pienso en la curiosa felicidad del elogio latino, frase que muchos suelen entender como suena y cuya equivalencia castellana es algo así como justedad ciudadosa, sino en la buena voluntad y en el júbilo que sus versos trascienden. Libro más fiestero, más díscolo, más buen palmeador del vivir, no conozco ninguno. Dicha y belleza están en él: excelencias que fuera de sus páginas, sólo en alguna mujer perfecta he mirado.

Sé que la dicha ya no es admirable por nadie, sé que la arrinconó la turbia quejumbre que izó el romanticismo, sé que hoy la ignoran a la vez los taciturnos de la parvilocuencia rimada —fernándezmorenistas y otros canturriadores del verso— y los juiciosos de la travesura, los que son juguetones con cautela y se atarean demasiado a que dé en el blanco cada renglón. Lo sé muy bien y sin embargo sigue pareciéndome que la dicha es más poetizable que el infortunio y que ser feliz no es cualidad menos plausible que la de ser genial. La razón raciocinante —vos y él y yo, lector amigo— puede ligar imágenes y dar asombro a una palabra mediante un adjetivo irregular y frecuentar otras destrezas que hace dóciles la costumbre, pero jamás nos allanará milagros como éste:

> *Ya es güeno dir ensillando...*
> *—Tome este último traguito*
> *Y eche el frasco a ese pocito*
> *Para que quede boyando.*

Fresca y liviana como una luna nueva es la estrofa, y esa misma gracia instintiva no albricia sólo al *Fausto* sino a las otras composiciones rurales de nuestro gran porteño. Hay una copla suya que dice:

> Mira, si fuera pastor
> Y si tú pastora fueras,
> Me parece que andarían
> Mezcladas nuestras ovejas.

Linda es también la larga serie de agachadas que le escribió a Ascasubi el año sesenta y dos con motivo del viaje de éste a Europa y de la cual copio unas décimas (Oyuela, *Antología hispano-americana*, tomo tercero, página 1095):

> Y atienda, que esto es formal:
> Güeno es que vaya avisao
> De que allá han edificao
> Un caserón de cristal.
> Si va, deje el animal
> Medio retirao, no sea
> Que si por algo cocea
> Vaya algún vidrio a quebrar
> Y a usté me lo hagan pagar
> Mucho más de lo que sea...
> Hasta al Espíritu Santo
> Le rogaré por ustedes
> Y a la Virgen de Mercedes
> Que los cubra con su manto.
> Y Dios permita que en tanto
> Vayan por la agua embarcaos,
> No haiga en el cielo ñublaos
> Ni corcovos en las olas
> Ni al barco azoten la colas
> De los morrudos pescaos.
>
> (Prosopopeya final)

Estanislao del Campo: Dicen que en tu voz no está el gaucho, verdad que fue de una jornada en el tiempo y de un desierto en lo estendido del mundo, pero yo sé que están en ella la amistad y el querer, realidades que serán y fueron y son en la ubicuidad y en lo eterno.

Estanislao del Campo, alsinista, amigo que eras de mis mayores ¡qué buen augurio para todo escribir porteño la versada color de Buenos Aires que nos dejaste y que vive haciendo vivir, en la hermandá de las guitarras mañeras!

Estanislao del Campo, soldado que en Pavón saludaste la primer bala, puesta la diestra en el quepí ¡qué raro que de tu tendal de noches y días perdure solamente una siesta que no viviste, una siesta que desvelaron dos imaginarios paisanos que hoy han subido a dioses y te franquean su media hora inmortal!

La pampa y el suburbio son dioses

Dos presencias de Dios, dos realidades de tan segura eficacia reverencial que la sola enunciación de sus nombres basta para ensanchar cualquier verso y nos levanta el corazón con júbilo entrañable y arisco, son el arrabal y la pampa. Ambos ya tienen su leyenda y quisiera escribirlos con dos mayúsculas para señalar mejor su carácter de cosas arquetípicas, de cosas no sujetas a las contingencias del tiempo. Sin embargo, acaso les quede grande aquello de Dios y me convenga más definirlas con la palabra *totem*, en su acepción generalizada de cosas que son consustanciales de una raza o de un individuo. (*Totem* es palabra algorquina: los investigadores ingleses la difundieron y figura en obras de Spengler y de F. Graebner que hizo traducir Ortega y Gasset en su alemanización del pensar hispánico).

Pampa. ¿Quién dio con la palabra *pampa*, con esa palabra infinita que es como un sonido y su eco? Sé nomás que es de origen quichua, que su equivalencia primitiva es la de la llanura y que parece silabeada por el pampero. El coronel Hilario

Ascasubi, en sus anotaciones a *Los mellizos de la flor*, escribe que lo que el gauchaje entiende por *pampa* es el territorio desierto que está del otro lado de las fronteras y que las tribus de indios recorren. Ya entonces, la palabra *pampa* era palabra de lejanía. No solamente para ese dato lo hemos de aprovechar al coronel, sino para que recuerde unos versos suyos. Aquí va un manojito:

> *Ansí la pampa y el monte*
> *a la hora del mediodía*
> *un desierto parecía*
> *pues de uno al otro horizonte*
> *ni un pajarito se vía.*

Y aquí va otro:

> *Flores de suave fragancia*
> *toda la pampa brotaba,*
> *al tiempo que coronaba*
> *los montes a la distancia*
> *un resplandor que encantaba.*

Esa dicción hecha de dos totales palabras *(toda la pampa)* es agradable junto a lo de las flores, pues es como si viéramos a la vez una gran fuerza y una gran mansedumbre, un poderío infinito manifestándose en regalos. Pero lo que me importa indicar es que en ambas coplas, la pampa está definida por su grandeza. ¿Habría esa tal grandeza, de veras? Darwin la niega a pie juntillas y razona así su incredulidá: *En alta mar, estando los ojos de una persona a seis pies sobre el nivel del agua, su horizonte está a una distancia de dos millas y cuatro quintos. De igual manera, cuanto más aplanada es una llanura, tanto más va acercándose el horizonte a estos estrechos límites: cosa que, a mi entender, aniquila enteramente la grandeza que uno le imagina de antemano a una gran llanura* (The Naturalist in la Plata, 1892). Guillermo Enrique Hudson, muy criollero y nacido y criado en nuestra provincia, transcribe y ratifica esa observación. ¿Y a qué ponerla en duda? ¿Por qué no recibir que nuestro conocimiento empírico de la espaciosidá de la pampa le juega una *falsiada* a nuestra visión y la crece con sus recuerdos? Yo mismo, incrédulo de mí, que en una casa del barrio de la Recoleta escribo estas dudas, fui hace unos días a Saavedra, allá por el cinco mil de Cabildo y vi las primeras chacritas y unos ombúes y otra vez redonda la tierra y me pareció grandísimo el campo. Verdá que fui con ánimo reverencial y que como tanto argentino, soy nieto y hasta bisnieto de estancieros. En tierra de pastores como ésta, es natural que a la campaña la pensemos con emoción y que su símbolo más llevadero —la pampa— sea reverenciado por todos.

Al cabal símbolo pampeano, cuya figuración humana es el gaucho, va añadiéndose con el tiempo el de las orillas: símbolo a medio hacer. Rafael Cansinos Assens (*Los temas literarios y su interpretación*, página 24 y siguientes) dice que el arrabal representa líricamente una efusión indeterminada y lo ve extraño y batallador. Esa es una cara de la verdá. En este mi Buenos Aires, lo babélico, lo pintoresco, lo desgajado de las cuatro puntas del mundo, es decoro del Centro. La morería está en Reconquista y la judería en Talcahuano y en Libertad.

Entre Ríos, Callao, la Avenida de Mayo son la vehemencia; Núñez y Villa Alvear los quehaceres y quesoñares del ocio mateador, de la criollona siesta zanguanga y de las trucadas largueras. Esos tangos antiguos, tan sobradores y tan blandos osbre su espinazo duro de hombría: *El flete, Viento norte, El caburé* son la audición perfecta de esa alma. Nada los iguala en literatura. Fray Mocho y su continuador Félix Lima son la cotidianidá conversada del arrabal; Evaristo Carriego, la tristeza de su desgano y de su fracaso. Después vine yo (mientras yo viva, no me faltará quien me alabe) y dije antes que nadie, no los destinos, sino el paisaje de las afueras: el almacén rosado como una nube, los callejones. Roberto Arlt y José S. Tallon son el descaro del arrabal, su bravura. Cada uno de nosotros ha dicho su retacito del suburbio: nadie lo ha dicho enteramente. Me olvidaba de Marcelo del Mazo que en la segunda serie de *Los vencidos* (Buenos Aires, 1910) posee algunas páginas admirables, ignoradas con injusticia. En cuanto a la *Historia de arrabal* por Manuel Gálvez, es una paráfrasis de la letra de cualquier tango, muy prosificada y deshecha. (Conste que no pienso tan mal de todas las letras de tango y que me agradan muchísimo algunas. Por ejemplo: esa inefabilísima parodia que hicieron del *Apache*, y la *Campana de plata* de Linnig con su quevedismo sobre la luz del farol que sangra en la faca y ese apasionamiento de la muchacha herida en la boca que le dice al malevo: *Más grandes mis besos los hizo tu daga.*)

Es indudable que el arrabal y la pampa existen del todo y que los siento abrirse como heridas y me duelen igual.

*   *   *

Somos unos dejados de la mano de Dios, nuestro corazón no confirma ninguna fe, pero en cuatro cosas sí creemos: en que la pampa es un sagrario, en que el primer paisano es muy hombre, en la reciedumbre de los malevos, en la dulzura generosa del arrabal. Son cuatro puntos cardinales los que señalo, no unas luces perdidas. El *Martín Fierro*, el *Santos Vega*, el otro *Santos Vega*, el *Facundo*, miran a los primeros que dije; las obras duraderas de esta centuria mirarán a los últimos. En cuanto a las montañas o al mar, ningún criollo litoraleño ha sabido verlos y dígalo nuestra poesía. El asoleado puñadito de mar que hay en el *Fausto* no es intensidá, es espectáculo: es un vistazo desde la orilla, es leve y reluciente como el sereno sobre las hojas. De la riqueza infatigable del mundo, sólo nos pertenecen el arrabal y la pampa. Ricardo Güiraldes, primer decoro de nuestras letras, le está rezando al llano; yo —si Dios mejora sus horas— voy a cantarlo al arrabal por tercera vez, con voz mejor aconsejada de gracia que anteriormente. Algo, como dijo uno que no era criollo (Ben Jonson, *The Poetaster*):

> *That must and shall be sung high and aloof.*
> *Safe from the wolf's black jaw and the dull*
> */ass's hoof.*

Carriego y el sentido del arrabal

En una calle de Palermo de cuyo nombre sí quiero acordarme y es la de Honduras, vivió allá por los años enfáticos del centenario un entrerriano tuberculoso y casi genial que miró al barrio con mirada eternizadora. Ese anteayer de Palermo no era precisamente idéntico a su hoy. Casi no había casas de alto y detrás de los zaguanes enladrillados y de las balaustraditas parejas, los patios abundaban en cielo, en parras y en muchachas. Había baldíos que hospedaban al cielo y en los atardeceres parecía más sola la luna y una luz con olor a caña fuerte salía de las trastiendas. El barrio era peleador en ese anteayer: se enorgullecía que lo llamaran Tierra del Fuego y el punzó mitológico del Palermo de San Benito aún perduraba en los cuchillos de los compadres. Había compadritos entonces: hombres de boca soez que se pasaban las horas detrás de un silbido o de un cigarrillo y cuyos distintivos eran la melena escarpada y el pañuelo de seda y los zapatos empinados y el caminar quebrándose y la mirada atropelladora. Era el tiempo clásico de la patota, de los indios. El valor o la simulación del

27

valor era una felicidad y Ño Moreira (orillero de Matanzas ascendido por Eduardo Gutiérrez a semidiós) era todavía el Luis Angel Firpo que los guarangos invocaban. Evaristo Carriego (el entrerriano evidente que indiqué al principio de estos renglones) miró para siempre esas cosas y las enunció en versos que son el alma de nuestra alma.

Tanto es así que las palabras arrabal y Carriego son ya sinónimos de una misma visión. Visión perfeccionada por la muerte y la reverencia, pues el fallecimiento de quien la causó le añade piedad y con firmeza definitiva la ata al pasado. Los modestos veintinueve años y el morir tempranero que fueron suyos prestigian ese ambiente patétïco, propio de su labor. A él mismo le han investido de mansedumbre y así en la fabulización de José Gabriel hay un Carriego apocadísimo y casi mujerengo que no es ciertamente el gran alacrán y permanente conversador que conocí en mi infancia, en los domingos de la calle Serrano.

Sus versos han sido justipreciados por todos. Quiero enfatizar, sin embargo, que pese a mucha notoria y torpe sensiblería, tienen afinaciones de ternura, inteligencias y perspicacias de la ternura, tan veraces como ésta:

> *Y cuando no estén ¿durante*
> *cuánto tiempo aún se oirá*
> *su voz querida en la casa*
> *desierta?*
> *¿Cómo serán*
> *en el recuerdo las caras*
> *que ya no veremos más?*

Quiero elogiar enteramente también su prosopopeya al organito, composición que Oyuela considera su mejor página, y que yo juzgo hecha de perfección.

El ciego te espera
las más de las noches sentado
a la puerta. Calla y escucha. Borrosas
memorias de cosas lejanas
evoca en silencio, de cosas
de cuando sus ojos tenían mañanas
de cuando era joven... la novia... ¡quién
sabe!

El alma de la estrofa trascrita no está en el renglón final; está en el penúltimo, y sospecho que Carriego la ubicó allí para no ser enfático. En otra composición anterior intitulada *El alma del suburbio* ya había esquiciado el mismo sujeto, y es hermoso comparar su traza primeriza (cuadro realista hecho de observaciones minúsculas) con la definitiva, grave y enternecida fiesta donde convoca los símbolos predilectos de su arte: la costurerita que dio aquel mal paso, la luna, el ciego.

Son todos ellos símbolos tristes. Son desanimadores del vivir y no alentadores. Hoy es costumbre suponer que la inapetencia vital y la acobardada queja tristona son lo esencial arrabalero. Yo creo que no. No bastan algunos desperezos de bandoneón para convencerme, ni alguna cuita acanallada de malevos sentimentales y de prostitutas más o menos arrepentidas. Una cosa es el tango actual, hecho a fuerza de pintoresquismo y de trabajosa jerga lunfarda, y otra fueron los tangos viejos, hechos de puro descaro, de pura sinvergüencería, de pura felicidad del valor. Aquéllos fueron la voz genuina del compadrito: éstos (música y letra) son la ficción de los incrédulos de la compadrada, de los que la causalizan y desengañan. Los tangos primordiales: *El caburé, El cuzquito, El flete, El apache argentino, Una noche de garufa* y *Hotel Victoria* aún atestiguan la valentía chocarrera del arrabal. Letra y música se ayudaban. Del tango *Don Juan, el taita del barrio* recuerdo estos versos malos y bravucones:

> *En el tango soy tan taura*
> *que cuando hago un doble corte,*
> *corre la voz por el Norte*
> *si es que me encuentro en el Sur.*

Pero son viejos y hoy solamente buscamos en el arrabal un repertorio de fracasos. Es evidente que Evaristo Carriego parece algo culpable de esa lobreguez de nuestra visión. Él, más que nadie, ha entenebrecido los claros colores de las afueras; él tiene la inocente culpa de que, en los tangos, las chirucitas vayan unánimes al hospital y los compadres sean desvencidos por la morfina. En ese sentido, su labor es antitética de la de Alvarez, que fue entrerriano y supo aporteñarse como él. Hemos de confesar, sin embargo, que la visión de Alvarez tiene escasa o ninguna importancia lírica y que la de Carriego es avasalladora. Él ha llenado de piedad nuestros ojos y es notorio que la piedad necesita de miserias y de flaquezas para condolerse de ellas después. Por eso, hemos de perdonarle que ninguna de las chicas que hay en su libro consiga novio. Si lo dispuso así fue para quererlas mejor y para divulgar su corazón hecho lástima sobre su pena.

Este brevísimo discurso sobre Carriego tiene su contraseña y he de reincidir en él algún día, solamente para ensalzarlo. Sospecho que Carriego ya está en el cielo (en algún cielo palermense, sin duda el mismo donde se los llevaron a los Portones) y que el judío Enrique Heine irá a visitarlo y ya se tutearán.

La tierra cárdena

Los ALEMANES (cuando entienden) son entendedores grandiosos que todo lo levantan a símbolo y que sin miedo categorizan el mundo. Entienden a otra gente, pero sólo *sub especie aeternitatis* y encasillándola en un orden. Los españoles creen en la ajena malquerencia y en la propia gramática, pero no en que hay otros países. También en Francia son desentendedores plenarios y toda geografía (física o política entiéndase, que de la espiritual ni hablemos) es un error ante su orgullo. En cambio los ingleses —algunos—, los trashumantes y andariegos, ejercen una facultá de empaparse en forasteras variaciones del ser: un desinglesamiento despacito, instintivo, que los americaniza, los asiatiza, los africaniza y los salva. Goethe y Hegel y Spengler han empinado el mundo en símbolos, pero mejor hazaña es la de Browning que se puso docenas de almas (algunas viles como la de Caliban y otras absurdas) y les versificó una serie de apasionadas alegaciones, justificándolas ante Dios. Al que me pida otros ejemplos, le recordaré la vida del ajaponesado

Lafeadio Hearn y la del capitán Ricardo Burton que fue de ceca en meca —literalmente — sin que los peregrinos agarenos que lo acompañaron hasta la Caaba notasen nada en él que fuese impropio de un musulmán y la de Jorge Borrow el agitanado que *chamullaba y chanelaba* el caló como cualquier chalán de Córdoba y la de este gran Hudson, inglés chascomusero y hombre de ciencia universal, que en pleno siglo XIX, en pleno progresismo y despuesismo ensalzó la criollez. Lo hizo en *The Purple Land* (La tierra cárdena) secuencia de aventuras peleadoras y aventuras de amor.

De esa novela primordial del criollismo les quiero conversar: libro más nuestro que una pena, sólo alejado de nosotros por el idioma inglés, de donde habrá que restituirlo algún día al purísimo criollo en que fue pensado: criollo litoraleño, criollo en bondá y en sorna, criollo del tiempo anchísimo que nunca picanearon los relojes y que midieron despacito los mates. Argumento casi no lo hay. Un tal Ricardo Lamb —recién casado con una niña argentina que se queda en Montevideo— recorre palmo a palmo el campo uruguayo y se entrevera en muchas vidas y en algún corazón. Este Lamb es un gran muchacho: vivo, enderezador, enamorado (así llama Cervantes a los enamoradizos y querendones) y apto para toda nobleza, ya de pensamiento, ya de pasión. Tiene opiniones además: opiniones ajenas, soltadizas, sobre lo ventajoso de la cultura, añadiduras que se le caen a unos meses de andar por las estancias y que rechaza con violencia patética. El capítulo anteúltimo —en el que Lamb, desde el Sinaí pelado del Cerro, bendice el vivir gaucho y hace la apología del instinto y la condenación de las leyes— es el resumen racional de la obra. Ahí está claro y terminante el dilema que exacerbó Sarmiento con su gritona *civilización* o *barbarie* y que Hudson Lamb resuelve sin melindres, tirando derechamente por la segunda. Esto es, opta por la llaneza, por el impulso, por la vida suelta y arisca sin estiramiento ni fórmulas, que no otra cosa es la mentada barbarie ni fueron nunca los malevos de la Mazorca los únicos encarnadores de la criollez. Hudson, por boca de Lucero —un domador floriense y gran conversador de pulpería, que charla en su novela— no sufre la política y dice de ella que no es sino una intromisión ciudadana en la vida rural. Lo mismo me dijo Spengler antenoche en la página ciento trece de su segundo y aun intraducido volumen... El sentimiento criollo de Hudson, hecho de independencia baguala, de aceptación estoica del sufrir y de serena aceptación de la dicha, se parece al de Hernández. Pero Hernández, gran federal que militó a las órdenes de don Prudencio Rozas, ex-federal desengañado que supo de Caseros y del fracaso del agauchamiento en Urquiza, no alcanzó a morir en su ley y lo desmintió al mismo Fierro con esa palinodia desdichadísima que hay al final de su obra y en que hay sentencias de esta laya: *Debe el gaucho tener casa / Escuela, Iglesia y derechos.* Lo cual ya es puro sarmientismo.

Otra diferencia que media entre el *Martín Fierro* y *La tierra cárdena* es la insalvable que se alza entre un destino trágico —inevitabilidá del penar— y un destino feliz, que a pesar de odios y tardanzas, jamás depone su certidumbre de amor. Esto es, la gran desemejanza entre los veinticinco años fervientes de Lamb y los cuarenta sentenciosos de Fierro.

La tierra cárdena es el libro de un curioso de vidas, de un gustador de las variedades del yo. Hudson nunca se enoja con los interlocutores del cuento, nunca los reta ni los grita ni pone en duda la verdad democrática de que el otro es un yo también y de que yo para él soy un otro y quizá un *ojalá no fuera.* Hudson levanta y justifica lo insustituible de cada alma que ahonda, de sus virtudes, de sus tachas, hasta de un modo de equivocarse especial. Así ha trazado inolvidables destinos: el del montonero Santa Coloma, el de Candelaria, el de la inglesada inmigrante, muy charladora de su obligatoria energía y muy quebrantada de ron, el del infeliz Epifanio Claro y el más triste y lindo de todos: el de Mónica, la chinita del Yí que a un forastero, le da todo el querer, sencillamente, como quien da una mirada. Esos vivires y los que pasan por la fila de cuentos que se llama *El ombú,* no son arquetipos eternos; son episódicos y reales como los inventados por Dios. Atestiguarlos es añadirse vidas claras —nobles casi siempre, también— y enanchar el yo a muchedumbre. El Ricardo Lamb sí es eterno. Es el héroe de toda fábula, es el quijote normalísimo al que le basta ser esperanzado y audaz, como a las mujeres les basta con ser buenas y lindas. Oyéndolo vivir, me ha sucedido el envidiarlo con alguna frecuencia sin perderle nunca amistad. ¡Cuánta luna campera para un solo hombre, cuántas de a pie con alfajor y sin miedo y alerta corazón, cuánto casual amor para recordarlo después en la seguridá del único amor!

El idioma infinito

Dos conductas de idioma (ambas igualmente tilingas e inhábiles) se dan en esta tierra: una, la de los haraganes galicistas que a la rutina castellana quieren anteponer otra rutina y que solicitan para ello una libertad que apenas ejercen; otra, la de los casticistas, que creen en la Academia como quien cree en la Santa Federación y a cuyo juicio ya es perfecto el lenguaje. (Esto es, ya todo está pensado y ojalá fuera así.) Los primeros invocan la independencia y legalizan la dicción *ocuparse de algo*; los otros quieren que se diga *ocuparse con algo* y por los ruiditos del *con* y el *de* —faltos aquí de toda eficacia ideológica, ya que no aparejan al verbo sus dos matices de acompañamiento, y de posesión— se arma una maravillosa pelea. Ese entrevero no me importa: oigo *el ocuparse de algo* en boca de todos, leo en la gramática que ello equivale *a desconocer la exquisita filosofía y el genio e índole del castellano* y me parece una zonzera el asunto. Lo grandioso es amillonar el idioma, es instigar una política del idioma.

Alguien dirá que ya es millonario el lenguaje y

que es inútil atarearnos a sumarle caudal. Esa agüería de la perfección del idioma es explicable llanamente: es el asombro de un jayán ante la grandeza del diccionario y ante el sin fin de voces enrevesadas que incluye. Pero conviene distinguir entre riqueza aparencial y esencial. Derecha (y latina) mente dice un hombre la voz que rima con prostituta. El diccionario se le viene encima enseguida y le tapa la boca con *meretriz, buscona, mujer mala, peripatética, cortesana, ramera, perendeca, horizontal, loca, instantánea* y hasta con *tronga, marca, hurgamandera, iza y tributo.* El compadrito de la esquina podrá añadir *yiro, yiradora, rea, turra, mina, milonga...* Eso no es riqueza, es farolería, ya que ese cambalache de palabras no nos ayuda ni a sentir ni a pensar. Sólo en la baja, ruin, bajísima tarea de evitar alguna asonancia y de lograrle música a la oración (¡valiente música, que cualquier organito la aventaja!) hallan empleo los sinónimos. (Yo sé que la Academia los elogia y también que transcribe en serio una sentencia en broma de Quevedo, según la cual *remudar vocablos es limpieza.* Ese chiste o retruécano está en la *Culta latiniparla* y su intención no es la que suponen los académicos, sino la adversa. Quiero añadir que nunca hubo en Quevedo el concepto auditivo del estilo que sojuzgó a Flaubert y señalar que don Francisco dijo *remudar frases,* no *vocablos,* como le hace escribir la Academia. He compulsado algunas impresiones: entre ellas, una de Verdussen, del 1699).

Yo he procurado, en los pormenores verbales, siempre atenerme a la gramática (arte ilusoria que no es sino la autorizada costumbre) y en lo esencial del léxico he imaginado algunas trazas que tienden a ensanchar infinitamente el número de voces posibles. He aquí alguna de esas trazas, levantada a sistema y con sus visos de política:

a) *La derivación de adjetivos, verbos y adverbios, de todo nombre sustantivo.* Así de lanza ya tenemos las derivaciones *lanceolado, lanceado, alancear, lanzarse, lanzar* y otras que callo. Pero esas formaciones en vez de ser privilegiadas deberían ser extensivas a cualquier voz.

b) *La separabilidad de las llamadas preposiciones inseparables.* Esta licencia de añadirle prefijos a cualquier nombre sustantivo, verbo o epíteto, ya existe en alemán, idioma siempre enriquecible y sin límites que atesora muchas preposiciones de difícil igualación castellana. Así hay, entre otras, el *zer* que indica dispersión, desparramamiento, el *all* universalizador, el *ur* que aleja las palabras con su sentido primordial y antiquísimo (*Urkunde, Urwort, Urhass*). En nuestra lengua medra la anarquía y se dan casos como el del adjetivo *inhumano* con el cual no hay sustantivo que se acuerde. En alemán coexisten ambas formas: *unmenschlich* (inhumano) y *Unmensch* (deshombre, inhombre).

c) *La traslación de verbos neutros en transitivos y lo contrario.* De esta artimaña olvido algún ejemplo en Juan Keats y varios de Macedonio Fernández. Hay uno mentadísimo (pienso que de Don Luis de Góngora y por cierto, algo cursilón) que así reza: *"Plumas vestido, ya las selvas mora"*. Mejor es éste de Quevedo que cambia un verbo intransitivo en verbo reflejo: *Unas y otras iban reciénnaciéndose, callando la vieja* (esto es, la muerte) *como la caca, pasando a la arismética de los ojos los ataúdes por las cunas.* Aquí va otro, de cuya hechura me declaro culpable: *Las investigaciones de Bergson, ya bostezadas por los mejores lectores*, etc., etc.

d) *El emplear en su rigor etimológico las palabras.* Un goce honesto y justiciero, un poquito de asombro y un mucho de lucidez, hay en la recta instauración de voces antiguas. Aconsejado por los clásicos y singularmente por algunos ingleses (en quienes fue piadosa y conmovedora el ansia de abrazar latinidad) me he remontado al uso primordial de muchas palabras. Así yo he escrito *perfección del sufrir*, sin atenerme a la connotación favorable que prestigia esa voz, y *desalmar* por quitar alma y otras aventuritas por el estilo. Lo contrario hacen los escritores que sólo buscan en las palabras su ambiente, su aire de familia, su gesto. Hay muchas voces de diverso sentido, pero cuyo ademán es común. Para Rubén, para un momento de Rubén, vocablos tan heterogéneos como *maravilloso*, regio, azul, eran totalmente sinónimos. Otras palabras hay cuyo sentido depende del escritor que use de ellas: así, bajo la pluma de Shakespeare, la luna es un alarde más de la magnificencia del mundo; bajo la de Heine, es indicio de exaltación; para los parnasianos era dura, como luna de piedra; para don Julio Herrera Reissig, era una luna de fotógrafo, entre aguanosas nubes moradas; para algún literato de hoy será una luna de papel, alegrona, que el viento puede agujerear.

* * *

Un puñadito de gramatiquerías claro está que no basta para engendrar vocablos que alcancen vida de inmortalidad en las mentes. Lo que persigo es despertarle a cada escritor la conciencia de que el idioma apenas si esta bosquejado y de que es gloria y deber suyo (nuestro y de todos) el multiplicarlo y variarlo. Toda consciente generación literaria lo ha comprendido así.

Estos apuntes los dedico al gran Xul-Solar, ya que en la ideación de ellos no está limpio de culpa.

Palabrería para versos

LA REAL ACADEMIA ESPAÑOLA dice con vaguedad sensiblera: *Unan todas tres* (la gramática, la métrica y la retórica) *sus generosos esfuerzos para que nuestra riquísima lengua conserve su envidiado tesoro de voces pintorescas, felices y expresivas, su paleta de múltiples colores, los más hechiceros, brillantes y vivos, y su melodioso y armónico ritmo, que le ha valido en el mundo el nombre de hermosa lengua de Cervantes.*

Hay abundancia de pobrezas en ese párrafo, desde la miseria moral de suponer que las excelencias del español deben motivar envidia y no goce y de gloriarse de esa envidia, hasta la intelectual de hablar de voces expresivas, fuera del contexto en que se hallen. Admirar lo expresivo de las palabras (salvo de algunas voces derivativas y otras onomatopéyicas) es como admirarse de que la calle Arenales sea justamente la que se llama Arenales. Sin embargo, no quiero meterme en esos pormenores, sino en lo sustancial de la estirada frase académica: en su afirmación insistida sobre la riqueza del español. ¿Habrá tales riquezas en el idioma?

Arturo Costa Alvarez (*Nuestra lengua*, página 293)

narra el procedimiento simplista usado (o abusado) por el conde de Casa Valencia para cotejar el francés con el castellano. Acudió a las matemáticas el tal señor, y averiguó que las palabras registradas por el diccionario de la Academia Española eran casi sesenta mil y que las del correspondiente diccionario francés eran treinta y un mil solamente. ¿Quiere decir acaso este censo que un hablista hispánico tiene 29.000 representaciones más que un francés? Esa inducción nos queda grande. Sin embargo, si la superioridad numérica de un idioma no es canjeable en superioridad mental, representativa, ¿a qué envalentonarnos con ella? En cambio, si el criterio numérico es valedero, todo pensamiento es pobrísimo si no lo piensan en alemán o en inglés, cuyos diccionarios acaudalan cien mil y pico de palabras cada uno.

Yo, personalmente, creo en la riqueza del castellano, pero juzgo que no hemos de guardarla en haragana inmovilidad, sino multiplicarla hasta lo infinito. Cualquier léxico es perfectible, y voy a probarlo.

El mundo aparencial es un tropel de percepciones barajadas. Una visión de cielo agreste, ese olor como de resignación que alientan los campos, la acrimonia gustosa del tabaco enardeciendo la garganta, el viento largo flagelando nuestro camino, y la sumisa rectitud de un bastón ofreciéndose a nuestros dedos, caben aunados en cualquier conciencia, casi de golpe. El lenguaje es un ordenamiento eficaz de esa enigmática abundancia del mundo. Dicho sea con otras palabras: los sustantivos se los inventamos a la realidad. Palpamos un redondel, vemos un montoncito de luz color de madrugada, un cosquilleo nos alegra la boca, y mentimos que esas tres cosas heterogéneas son una sola y que se llama naranja. La luna misma es una ficción. Fuera de conveniencias astronómicas que no deben atarearnos aquí, no hay semejanza alguna entre el redondel amarillo que ahora está alzándose con claridad sobre el paredón de la Recoleta, y la tajadita rosada que vi en el cielo de la plaza de Mayo, hace muchas noches. Todo sustantivo es abreviatura. En lugar de contar frío, filoso, hiriente, inquebrantable, brillador, puntiagudo, enunciamos puñal; en sustitución de alejamiento de sol y profesión de sombra, decimos atardecer.

(Los prefijos de clase que hay en la lengua china vernácula me parecen tanteos entre la forma adjetival y la sustantiva. Son a manera de buscadores del nombre y lo preceden, bosquejándolo. Así, la partícula *pa* se usa invariadamente para los objetos manuales y se intercala entre los demostrativos o los números y el nombre de la cosa. Por ejemplo: no suele decirse *i tau* (un cuchillo), sino *i pa tau* (un agarrado cuchillo, un manuable cuchillo). Asimismo, el prefijo *quin* ejerce un sentido de abarcadura, y sirve para los patios, los cercados, las casas. El prefijo *chang* se usa para las cosas aplanadas y precede a palabras como umbral, banco, estera, tablón. Por lo demás, las partes de la oración no están bien diferenciadas en chino, y la clasificación analógica de una voz depende de su emplazamiento en la frase. Mis autoridades para este rato de sinología son F. Graebner (*El mundo del hombre primitivo*, cuarto capítulo) y Douglas, en la *Encyclopaedia Britannica*.

Insisto sobre el carácter inventivo que hay en cualquier lenguaje, y lo hago con intención. La lengua es edificadora de realidades. Las diversas disciplinas de la inteligencia han agenciado mundos propios y poseen un vocabulario privativo para detallarlos. Las matemáticas manejan su lenguaje especial hecho de guarismos y signos y no inferior en sutileza a ninguno. La metafísica, las ciencias naturales, las artes, han aumentado innumerablemente el común acervo de voces. Las obtenciones verbales de la teología *(atrición, aseidad, eternidad),* son importantísimas. Sólo la poesía —arte manifiestamente verbal, arte de poner en juego la imaginación por medio de palabras, según Arturo Schopenhauer la definió— es limosnera del idioma de todos. Trabaja con herramientas extrañas. Los preceptistas hablan de lenguaje poético, pero si queremos tenerlo, nos entregan un par de vanidades como corcel y céfiro y purpúreo y do en vez de donde. ¿Qué persuasión de poesía hay en soniditos como ésos? ¿Qué tienen de poéticos? —El hecho de ser insufribles en prosa— respondería Samuel Taylor Coleridge. No niego la eventual felicidad de algunas locuciones poéticas, y me gusta recordar que a don Esteban Manuel de Villegal debemos la palabra *diluviar,* y a Juan de Mena, *congloriar y confluir:*

Tanto vos quiso la magnificencia
Dotar de virtudes y congloriar
Que muchos procuran de vos imitar
En vida y en toda virtud y prudencia.

Distinta cosa, sin embargo, sería un vocabulario deliberadamente poético, registrador de representaciones no llevaderas por el habla común. El mundo aparencial es complicadísimo y el idioma sólo ha efectuado una parte muy chica de las combinaciones infatigables que podrían llevarse a cabo con él. ¿Por qué no crear una palabra, una sola, para la percepción conjunta de los cencerros insistiendo en la tarde y de la puesta de sol en la lejanía? ¿Por qué no inventar otra para el ruinoso y amenazador ademán que muestran en la madrugada las calles? ¿Y otra para la buena voluntad, conmovedora de puro ineficaz, del primer farol en el atardecer aún claro? ¿Y otra para la inconfidencia con nosotros mismos depués de una vileza?

Sé lo que hay de utópico en mis ideas y la lejanía entre una posibilidad intelectual y una real, pero confío en el tamaño del porvenir y en que no será menos amplio que mi esperanza.

La adjetivación

LA INVARIABILIDAD de los adjetivos homéricos ha sido lamentada por muchos. Es cansador que a la tierra la declaren siempre sustentadora y que no se olvide nunca Patroclo de ser divino y que toda sangre sea negra. Alejandro Pope (que tradujo a lo plateresco la *Ilíada*) opina que esos tesoneros epítetos aplicados por Homero a dioses y semidioses eran de carácter litúrgico y que hubiera parecido impío el variarlos. No puedo ni justificar ni refutar esa afirmación, pero es manifiestamente incompleta, puesto que sólo se aplica a los personajes, nunca a las cosas. Remy de Gourmont, en su discurso sobre el estilo, escribe que los adjetivos homéricos fueron encantadores tal vez, pero que ya dejaron de serlo. Ninguna de esas ilustres conjeturas me satisface. Prefiero sospechar que los epítetos de ese anteayer eran lo que todavía son las preposiciones personales e insignificantes partículas que la costumbre pone en ciertas palabras y sobre las que no es dable ejercer originalidad. Sabemos que debe decirse andar a pie y no por pie. Los griegos sabían que debía adjetivarse onda amarga. En ningún caso hay una intención de belleza.

Esa opacidad de los adjetivos debemos suponerla también en los mas de los versos castellanos, hasta en los que edificó el Siglo de Oro. Fray Luis de León muestra desalentadores ejemplos de ella en las dos traslaciones que hizo de Job: la una en romance judaizante, en prosa, sin reparos gramaticales y atravesada de segura poesía; la otra en tercetos al itálico modo, en que Dios parece discípulo de Boscán. Copio dos versos. Son del capítulo cuarenta y aluden al elefante, bestia fuera de programa y monstruosa, de cuya invención hace alarde Dios. Dice la versión literal: *Debajo de sombrío pace, en escondrijo de caña, en pantanos húmedos. Sombríos su sombra, le cercarán sauces del arroyo.*

Dicen los tercetos:

Mora debajo de la sombra fría
de árboles y cañas. En el cieno
y en el pantano hondo es su alegría.
El bosque espeso y de ramas lleno
le cubre con su sombra, y la sauceda
que baña el agua es su descanso ameno.

Sombra fría. Pantano hondo. Bosque espeso. Descanso ameno. Hay cuatro nombres adjetivos aquí, que virtualmente ya están en los nombres sustantivos que califican. ¿Quiere esto decir que era avezadísimo en ripios Fray Luis de León? Pienso que no: bástenos maliciar que algunas reglas del juego de la literatura han cambiado en trescientos años. Los poetas actuales hacen del adjetivo un enriquecimiento, una variación; los antiguos, un descanso, una clase de énfasis.

Quevedo y el escritor sin nombre de la *Epístola moral* administraron con cuidadosa felicidad los epítetos. Copio unas líneas del segundo:

> *¡Cuán callada que pasa las montañas*
> *El aura, respirando mansamente!*
> *¡Qué gárrula y sonante por las cañas!*
> *¡Qué muda la virtud por el prudente!*
> *¡Qué redundante y llena de ruido*
> *Por el vano, ambicioso y aparente!*

Hay conmovida gravedad en la estrofa y los adjetivos gárrula y aparente son las dos alas que la ensalzan.

El solo nombre de Quevedo es argumento convincente de perfección y nadie como él ha sabido ubicar epítetos tan clavados, tan importantes, tan inmortales de antemano, tan pensativos. Abrevió en ellos la entereza de una metáfora *(ojos hambrientos de sueño, humilde soledad, caliente mancebía, viento mudo y tullido, boca saqueada, almas vendibles, dignidad meretricia, sangrienta luna)*; los inventó chacotones *(pecaviejero, desengongorado, ensuegrado)* y hasta tradujo sustantivos en ellos, dándoles por oficio el adjetivar *(quijadas bisabuelas, ruego mercader, palabras murciélagas y razonamientos lechuzas, guedeja réquiem, mulato: hombre crepúsculo)*. No diré que fue un precursor, pues don Francisco era todo un hombre y no una corazonada de otros venideros ni un proyecto para después.

Gustavo Spiller (*The Mind of Man*, 1902, página

378) contradice la perspicacia que es incansable tradición de su obra, al entusiasmarse perdidamente con la adjetivación a veces rumbosa de Shakespeare. Registra algunos casos adorables que justifican su idolatría (por ejemplo: *world-without-endhour, hora mundi infinita,* hora infinita como el mundo), pero no se le desalienta el fervor ante riquezas pobres como éstas: *tiempo devorador, tiempo gastador, tiempo infatigable, tiempo de pies ligeros.* Tomar esa retahíla baratísima de sinónimos por arte literario es como suponer que alguien es un gran matemático, porque primero escribió *3* y en seguida *tres* y al rato *III* y, finalmente, *raíz cuadrada de nueve.* La representación no ha cambiado, cambian los signos.

Diestro adjetivador fue Milton. En el primer libro de su obra capital he registrado estos ejemplos: *odio inmortal, remolinos de fuego tempestuoso, fuego penal, noche antigua, oscuridad visible, ciudades lujuriosas, derecho y puro corazón.*

Hay una fechoría literaria que no ha sido escudriñada por los retóricos y es la de simular adjetivos. *Los parques abandonados,* de Julio Herrera y Reissig, y *Los crepúsculos del jardín* incluyen demasiadas muestras de este jaez. No hablo aquí de percances inocentones como el de escribir *frío invierno;* hablo de un sistema premeditado de epítetos balbucientes y adjetivos tahúres. Examine la imparcialidad del lector la misteriosa adjetivación de esta estrofa y verá que es cierto lo que asevero. Se trata del cuarteto inicial de la composición El suspiro (*"Los peregrinos de piedra",* edición de París, página 153).

Quimérico a mi vera concertaba
Tu busto albar su delgadez de ondina
Con mística quietud de ave marina
En una acuñación escandinava.

Tú, que no puedes, llévame a cuestas. Herrera y Reissig, para definir a su novia (más valdría poner: para indefinirla), ha recurrido a los atributos de la quimera, trinidad de león, de sierpe y de cabra, a los de las ondinas, al misticismo de las gaviotas y los albatros, y, finalmente, a las acuñaciones escandinavas, que no se sabe lo qué serán.

Vaya otro ejemplo de adjetivación embustera; esta vez, de Lugones. Es el principio de uno de sus sonetos más celebrados:

La tarde, con ligera pincelada
Que iluminó la paz de nuestro asilo,
Apuntó en su matiz crisoberilo
Una sutil decoración morada

Estos epítetos demandan un esfuerzo de figuración, cansador. Primero, Lugones nos estimula a imaginar un atardecer en un cielo cuya coloración sea precisamente la de los crisoberilos (yo no soy joyero y me voy), y después, una vez agenciado ese difícil cielo crisoberilo, tendremos que pasarle una pincelada (y no de cualquier modo, sino una pincelada ligera y sin apoyar) para añadirle una decoración morada, una de las que son sutiles, no de las otras. Así no juego, como dicen los chiquilines. ¡Cuánto trabajo! Yo ni lo realizaré, ni creeré nunca que Lugones lo realizó.

Hasta aquí no he hecho sino vehementizar el concepto tradicional de los adjetivos: el de no dejarlos haraganear, el de la incongruencia o congruencia lógica que hay entre ellos y el nombre calificado, el de la variación que le imponen. Sin embargo, hay circunstancias de adjetivación para las que mi criterio es inhábil. Enrique Longfellow, en alguna de sus poesías, habla de la *seca chicharra*, y es evidente que ese felicísimo epíteto no es alusivo al insecto mismo, ni siquiera al ruido machacón que causan sus élitros, sino al verano y a la siesta que lo rodean. Hay también esa agradabilísima interjección final o epifonema de Estanislao del Campo:

> *¡Ah, Cristo! ¡Quién lo tuviera!*
> *¡Lindo el overo rosao!*

Aquí, un gramático vería dos adjetivos, *lindo* y *rosao,* y juzgaría tal vez que el primero adolece de indecisión. Yo no veo más que uno (pues *overo rosao* es realmente una sola palabra), y en cuanto a *lindo*, no hemos de reparar si el overo está bien definido por esa palabrita desdibujada, sino en el énfasis que la forma exclamativa le da. Del Campo empieza inventándonos un caballo, y para persuadirnos del todo, se entusiasma con él y hasta lo codicia. ¿No es esto una delicadeza?

Cualquier adjetivo, aunque sea pleonástico o mentiroso, ejerce una facultad: la de obligar a la atención del lector a detenerse en el sustantivo a que se refiere, virtud que se acuerda bien con las descripciones, no con las narraciones.

No me arriesgaré vanamente a formular una

doctrina absoluta de los epítetos. Eliminarlos puede fortalecer una frase, rebuscar alguno es honrarla,
rebuscar muchos es acreditarla de absurda.

Reverencia del árbol en la otra banda

HAY UN AMBIENTE de raigambre y tupido en la literatura uruguaya, bien como de entidá que se engendró a la vera de hondos árboles y de largas cuchillas y que por quintas y ceibales hizo su habitación. Ese sentir arracimado y selvático late en la entereza de su decurso y lo hace equiparable al de los ríos que arrastran camalotes y cuyas aguas retorcidas copian un entrevero de ramas. No es el que tuvieron los griegos, para quienes el bosque sólo fue una linda frescura, una vacación *(boscaje frutecido mil veces, sin sol ni viento* dice el *Edipo rey)* sino un sentir dramático de conflicto de ramas que se atraviesan como voluntades. Su oposición más fácil está en la poesía porteña, cuyos ejemplares y símbolos fueron siempre el patio y la pampa, arquetipos de rectitud.

Para testificar este aserto, basta comparar el paisaje del *Santos Vega* de Ascasubi al del *Tabaré* de Juan Zorrilla de San Martín, libros entrambos de segura bostezabilidá, pero significativos y fuertes. Un sentimiento pánico informa el limo de las gestas del último, gestas, dice el cantor:

que narran el ombú de nuestras lomas,
el verde canelón de las riberas,
la palma centenaria, el camalote,
el ñandubay, los talas y las ceibas...

Es evidente la delectación del poeta con la frondosidá y tupidez de los sustantivos que enfila y con el campo embosquecido que ellos suponen. Ascasubi, muy al contrario, se deleita ascéticamente con el despejo de la noble llanura donde el anegadizo corazón puede sumergirse a sus anchas y la compara con el mar. Semejanza es ésta que aunque muy traída y llevada, no es por eso menos verídica y se arrima al lenguaje criollo que llama playa al escampado frente a las casas y da el nombre de isla a los bosques que tachonan el llano. (No de la pampa, sino isleños, fueron los dos primeros gauchos conversadores que se metieron al tranquito en la literatura y los imaginó un oriental: Bartolomé Hidalgo.)

Hasta aquí, sólo he tratado del árbol como sujeto de descripción. En escritores ulteriores —en Armando Vasseur y paladinamente en Herrera y Reissig— adquiere un don de ejemplaridá y los conceptos se entrelazan con un sentido semejante al de los ramajes trabados. El estilo mismo arborece y es hasta excesiva su fronda. A despecho de nuestra admiración ¿no es por ventura íntimamente ajena a nosotros, hombres de pampa y de derechas calles, esa hojarasca vehementísima que por *Los parques abandonados* campea? Claro está que hablo de un matiz y que el criollismo a todos nos junta, pero el matiz no es menos real que el color y en este caso basta para dilucidar muchas cosas.

Por ejemplo, la forasteridá de Lugones —hombre de sierras y de bosques— en nuestro corazón.

En los actuales uruguayos —en Juana de Ibarburu, en Pedro Leandro Ipuche, en Emilio Oribe, en María Elena Muñoz— el árbol es un símbolo. *La tierra honda* de Ipuche no es sino un entrañarse con el árbol en una suerte de figuración panteísta que hace de las ramas un anhelar y que traduce su raigambre profunda en origen divino. En *La colina del pájaro rojo* de Oribe, la noche misma es un fuerte árbol que se agacha sobre la tierra y de cuya altivez han de desgajarse los astros como en San Juan Evangelista se lee. Para María Elena Muñoz, el árbol es un templo y una inquietud de almácigo alza y conmueve su dicción.

El árbol —duro surtidor e inagotable vivacidá de la tierra— es uno de los dioses lares que en la poesía de los uruguayos presiden. Sé también de otro dios, largamente rogado por María Eugenia Vaz Ferreira y hoy por Carlos Sabat Ercasty. Hablo del Mar.

Historia de los ángeles

DOS DÍAS Y DOS NOCHES más que nosotros cuentan los ángeles: el Señor los creó el cuarto día y entre el sol recién inventado y la primera luna pudieron balconear la tierra nuevita que apenas era unos trigales y unos huertos cerca del agua. Estos ángeles primitivos eran estrellas. A los hebreos era facilísimo el maridaje de los conceptos ángel y estrella: elegiré, entre muchos, el lugar del Libro de Job (capítulo treinta y ocho, versillo séptimo) en que el Señor habló de entre el torbellino y recordó el principio del mundo *cuando me cantaron juntamente estrellas de aurora y se regocijaron todos los hijos de Dios*. La versión es la literalísima de Fray Luis y es fácil advertir que esos hijos de Dios y estrellas cantoras valen por ángeles. También Isaías (capítulo catorce, versillo doce) llama *lucero de la mañana* al ángel caído, frase que no olvidó Quevedo al decirle *lucero inobediente, ángel amotinado*. Esa igualación de estrellas y de ángeles (tan pobladora de la soledad de las noches) me parece linda y es galardón de los hebreos el haber vivificado de almas los astros, enalteciendo a vitalidad su fulgor.

A lo largo del Antiguo Testamento hay caterva de ángeles. Hay ángeles borrosos que vienen por los caminos derechos de la llanura y cuyo sobrehumano carácter no es adivinable en seguida; hay ángeles forzudos como gañanes, como el que luchó con Jacob toda una santa noche hasta que se alzó la alborada; hay ángeles de cuartel, como ese capitán de la milicia de Dios que a Josué le salió al encuentro; hay ángeles que amenazan ciudades y otros que son como baquianos en la soledad; hay dos millares de miles de ángeles en los belicosos carros de Dios. Pero el angelario o arsenal de ángeles mejor abastecido es la Revelación de San Juan: allí están los ángeles fuertes, los que debelan el dragón, los que pisan las cuatro esquinas de la Tierra para que no se vuele, los que cambian en sangre una tercera parte del mar, los que vendimian los racimos y echan la vendimia en el lagar de la ira de Dios, los que son herramientas de ira, los que están amarrados en el Eufrates y son desatados como tormentas, los que son algarabía de águila y de hombre.

El Islam sabe asimismo de ángeles. Los musulmanes de El Cairo viven desaparecidos por ángeles, casi anegado el mundo real en el mundo angélico, ya que, según Eduardo Guillermo Lane, a cada seguidor del profeta le reparten dos ángeles de la guarda o cinco, o sesenta, o ciento sesenta.

La *Jerarquía Celestial* atribuida con error al converso griego Dionisio y compuesta en los alrededores del siglo V de nuestra era, es un documentadísimo escalafón del orden angélico y distingue, por ejemplo, entre los querubim y los serafim, adjudicando a los primeros la perfecta y colmada y rebosante visión de Dios y a los segundos el ascender eternamente hacia El, con un gesto a la vez extático y tembloroso, como de llamaradas que suben. Mil doscientos años después, Alejandro Pope, arquetipo de poeta docto, recordaría esa distinción al trazar su famosa línea:

As the rapt seraph, that adores and burns
(Absorto serafín que adora y arde)

Los teólogos, admirables de intelectualismo, no se arredraron ante los ángeles y procuraron penetrar a fuerza de razón en ese mundo de soñaciones y de alas. No era llana la empresa, ya que se trataba de definirlos como a seres superiores al hombre, pero obligatoriamente inferiores a la divinidad. Rothe, teólogo especulativo alemán, registra numerosos ejemplos de ese tira y afloja de la dialéctica. Su lista de los atributos angelicales es digna de meditación. Estos atributos incluyen la fuerza intelectual, el libre albedrío, la inmaterialidad (apta, sin embargo, para unirse accidentalmente con la materia), la inespacialidad (el no llenar ningún espacio ni poder ser encerrados por él), la duración perdurable, con principio pero sin fin; la invisibilidad y hasta la inmutabilidad, atributo que los hospeda en lo eterno. En cuanto a las facultades que ejercen, se les concede la suma agilidad, el poder conversar entre ellos inmediatamente sin apelar a palabras ni a signos y el obrar cosas maravillosas, no milagrosas. Verbigracia, no pueden crear de la nada ni resucitar a los muertos. Como se ve, la zona angélica que media entre los hombres y Dios está legisladísima.

También los cabalistas usaron de ángeles. El doctor Erich Bischoff, en su libro alemán intitulado *Los elementos de la cábala* y publicado el año veinte en Berlín, enumera los diez *sefiroth* o emanaciones eternas de la divinidad, y hace corresponder a cada una de ellas una región del cielo, uno de los nombres de Dios, un mandamiento del decálogo, una parte del cuerpo humano y una laya de ángeles. Stehelin, en su *Literatura rabínica*, liga las diez primeras letras del alefato o abecedario de los hebreos a esos diez altísimos mundos. Así la letra *alef* mira al cerebro, al primer mandamiento, al cielo del fuego, al nombre divino *Soy El Que Soy* y a los serafines llamados Bestias Sagradas. Es evidente que se equivocan de medio a medio los que acusan a los cabalistas de vaguedad. Fueron más bien fanáticos de la razón y pergeñaron un mundo hecho de endiosamiento por entregas que era, sin embargo, tan riguroso y tan causalizado como el que ahora sentimos...

Tanta bandada de ángeles no pudo menos que entremeterse en las letras. Los ejemplos son incansables. En el soneto de don Juan de Jáuregui a San Ignacio, el ángel guarda su fortaleza bíblica, su peleadora seriedad:

> *Ved sobre el mar, porque su golfo encienda*
> *El ángel fuerte, de pureza armado.*

Para don Luis de Góngora, el ángel es un adornito valioso, apto para halagar señoras y niñas:

> *¿Cuándo será aquel día que por yerro*
> *Oh, Serafín, desates, bien nacido,*
> *Con manos de Cristal nudos de Hierro?*

En uno de los sonetos de Lope, he dado con esta agradable metáfora muy siglo veinte:

Cuelgan racimos de ángeles.

De Juan Ramón Jiménez son estos ángeles con olor a campo:

Vagos ángeles malvas
apagaban las verdes estrellas.

Ya estamos orillando el casi milagro que es la verdadera motivación de este escrito: lo que podríamos denominar la supervivencia del ángel. La imaginación de los hombres ha figurado tandas de monstruos (tritones, hipogrifos, quimeras, serpientes de mar, unicornios, diablos, dragones, lobizones, cíclopes, faunos, basiliscos, semidioses, leviatanes y otros que son caterva) y todos ellos han desaparecido, salvo los ángeles. ¿Qué verso de hoy se atrevería a mentar la fénix o a ser paseo de un centauro? Ninguno; pero a cualquier poesía, por moderna que sea, no le desplace ser nidal de ángeles y resplandecerse con ellos. Yo me los imagino siempre al anochecer, en la tardecita de los arrabales o de los descampados, en ese largo y quieto instante en que se van quedando solas las cosas a espaldas del ocaso y en que los colores distintos parecen recuerdos o presentimientos de otros colores. No hay que gastarlos mucho a los ángeles; son las divinidades últimas que hospedamos y a lo mejor se vuelan.

La Aventura y el Orden

EN UNA ESPECIE DE SALMO —cuya dicción confidencial y patética es evidente aprendizaje de Whitman— Apollinaire separa los escritores en estudiosos del Orden y en traviesos de la Aventura y tras incluirse entre los últimos, solicita piedad para sus pecados y desaciertos. El episodio es conmovedor y trae a mi memoria la reacción adversa de Góngora que, en trance parecido, salió a campear resueltamente por los fueros de su tiniebla, y ejecutó el soneto que dice:

Restituye a tu mudo Horror divino
Amiga Soledad, el Pie sagrado.

Es verdad que entrambos sabían con qué bueyes araban e invocaron faltas bienquistas. Confesar docta sutileza durante el mil seiscientos era empeño tan hábil y tan simpático de antemano como el de confesar atrevimiento en este nuestro siglo de cuartelazos y de golpes de furca.

La Aventura y el Orden... A la larga, toda aventura individual enriquece el orden de todos y el tiempo legaliza innovaciones y les otorga virtud justificativa. Suelen ser muy lentos los trámites. La famosa disputa entre los petrarquistas y los partidarios del octosílabo rige aún entre nosotros y, pese a los historiadores, el verdadero triunfador es Cristóbal del Castillejo y no Garcilaso. Aludo a la lírica popular, cuyos profundos predios no han devuelto hasta hoy eco alguno de la metrificación de Boscán. Ni Estanislao del Campo ni Hernández ni el organito que concede en la esquina la queja entregadiza del *Sin amor* o la ambiciosa valentía que por *El taita del arrabal* se abre paso, consienten versos al itálico modo.

Toda aventura es norma venidera; toda actuación tiende a inevitarse en costumbre. Hasta los pormenores del cotidiano vivir —nuestro vocabulario al conversar con determinadas personas, el peculiar linaje de ideas que en su fraternidad frecuentamos— sufren ese destino y se amoldan a cauces invisibles que su mismo fluir profundiza. Esta verdad universal lo es doblemente en lo atañedero a los versos, donde la rima es hábito escuchable y en que los cíclicos sistemas de las estrofas pasan fatales y jocundos como las estaciones del año. El arte es observancia desvelada e incluye austeridad, hasta en sus formas de apariencia más suelta. El ultraísmo, que lo fio todo a las metáforas y rechazó las comparaciones visuales y el desapacible rimar que aún dan horror a la vigente lugonería, no fue un desorden, fue la voluntad de otra ley.

Es dolorosa y obligatoria verdad la de saber que el individuo puede alcanzar escasas aventuras en el ejercicio del arte. Cada época tiene su gesto peculiar y la sola hazaña hacedora está en enfatizar ese gesto. Nuestro desaliño y nuestra ignorancia hablan de rubenismo, siendo innegable que a no haber sido Rubén el instrumento de ese episodio (intromisión del verso eneasílabo, vaivén de la cesura, manejo de elementos suntuosos y ornamentales) otros lo habrían realizado en su ausencia: quizá Jaimes Freyre o Lugones. El tiempo anula la caterva intermedia de tanteadores, precursores y demás gente promisoria, del supuesto genial. La negligencia y la piedad idolátrica se unen para fingir la incausalidad de lo bello. ¿No presenciamos todos, quince años ha, el prodigioso simulacro de los que tradujeron el *Martín Fierro* —obra abundante en toda gracia retórica y claramente derivada de los demás poemas gauchescos— en cosa impar y primordial? Contemporánea con nosotros no hay labor alguna de genio y eso estriba en que conocemos todas las nobles selvas que ella ha saqueado para edificar su alta pira y las maderas olorosas que son sahumerio y resplandor en las llamas.

Esa realización de que toda aventura es inaccesible y de que nuestros movimientos más sueltos son corredizos por prefijados destinos como los de las piezas del ajedrez, es evidente para el hombre que ha superado los torcidos arrabales del arte y que confiesa desde las claras terrazas, la inquebrantable rectitud de la urbe. Gloriarse de esta sujeción y practicarla con piadosa observancia es lo propio del clasicismo. Autores hay en quienes la trivialidad de un epíteto o la notoria publicidad de una imagen son confesión reverencial o sardónica de fatalismo clasiquista. Su prototipo está en Ben Jonson, de quien asentó Dryden que *invadía au-*

tores como un rey y que exaltó su credo hasta el punto de componer un libro de traza discursiva y autobiográfica, hecho de traducciones y donde declaró, por frases ajenas, lo sustancial de su pensar.

La Aventura y el Orden... A mí me placen ambas disciplinas, si hay heroísmo en quien las sigue. Que una no mire demasiado a la otra; que la insolencia nueva no sea gaje del antiguo decoro, que no se ejerzan muchas artimañas a un tiempo. Grato es el gesto que en una brusca soledad resplandece; grata es la voz antigua que denuncia nuestra comunidad con los hombres y cuyo gusto (como el de cualquier amistad) es el de sentirnos iguales y aptos de esa manera para que nos perdonen, amen y sufran. Graves y eternas son las hondas trivialidades de enamorarse, de caminar, de morir.

Las coplas acriolladas

Una de las tantas virtudes que hay en la copla criolla es la de ser copla peninsular. Con sólo un par de tijeras y los cinco volúmenes de cantos populares españoles que don Francisco Rodríguez Marín publicó en Sevilla, me atrevería yo a rehacer el *Cancionero rioplatense* de Jorge Furt. Sus requiebros, sus quejumbres de ausencia, su altanería, sus estrofas eróticas, no son de raíz hispana: son de raíz, tronco, leña, corteza, ramas, ramitas, hojarasca, frutos y hasta nidos hispánicos. Pasaré de lo jardinero a lo monedero y lo diré otra vez: son calderilla castellana que pasa por cobres argentinos y a la que no le hemos borrado el leoncito. Esa no inventiva es medio desalentadora, pero para desquitarnos de ella, basta considerar las coplas de broma y las de jactancia. Son nuestras y bien nuestras. Todavía queremos y padecemos en español, pero en criollo sabemos alegrarnos y hombrear.

Al decir coplas de jactancia, no he pensado en las coplas provocativas, que ésas las usan en

España también y no muy desiguales, por cierto.
Dice la copla porteña, de compadritos:

> *Soy del barrio e Monserrá*
> *donde relumbra el acero;*
> *lo que digo con el pico*
> *lo sostengo con el cuero.*

Y otra:

> *Soy de la plaza e Lorea*
> *donde llueve y no gotea;*
> *a mí no me asustan sombras*
> *ni bultos que se menean.*

Vayan dos coplas de Andalucía, de palabras
diferentes y de alma igual:

> *Del barrio del Picón semos*
> *y lo que digo no marra:*
> *si hay alguno que es valiente*
> *que salga por la guitarra.*

> *Esta noche ha de llover*
> *que esté raso, que esté nublo:*
> *ha de llover buenos palos*
> *en las costillas de alguno.*

Las que no tienen parangón español son las
coplas de hombría serena, las coplas en que se
manifiesta el yo totalmente, con valor profundísi-
mo:

> *El que de firmeza es firme*
> *lleva consigo un caudal:*

lo mesmo afirma una cosa
que se le afirma a un bagual.

Yo soy como el parejero
que solito me levanto.
Ande no hallo resistencia
muerdo el freno, me alzo al campo.

Cantando me he de morir,
cantando me han de enterrar,
cantando me he de ir al cielo,
cantando cuenta he de dar.

Al último verso de esta copla lo juzgo nobilísimo. Los tres que lo preceden guardan evidente afinidá (no sé si paternal o filial) con un pasaje famoso del *Martín Fierro;* el último es la más ceñida y verídica definición del poeta que jamás he alcanzado. Confesión de Juicio Final, resumen de un vivir, alegato para lo eterno son los versos de veras y no pensaron otra cosa el salmista y Jorge Manrique y el Dante y Browning y Unamuno y Whitman y quizá nuestro payador.

Una cosa es indesmentible. Al acriollarse, la copla sentenciosa española pierde su envaramiento y nos habla de igual a igual, no como el importante maestro al discípulo. Transcribo una copla peninsular, de esas que lo sermonean al auditorio:

Querer una no es ninguna,
querer dos es vanidad
y querer a tres y a cuatro
eso sí que es falsedad.

Aquí está la variante criolla, conforme en la provincia de Buenos Aires suelen cantarla:

Querer una no es ninguna,
querer dos es vanidá;
el querer a tres o cuatro
ya es parte de habilidá.

Sucede igual con el refranero. Ya sabemos lo que son los refranes: consejos que la muerte le da a la vida, abstenciones y astucias de las personas ejercitadas en dejarse vivir y en alardearse terratenientes del tiempo. El criollo no les cree demasiado. El aconsejador español, ese filósofo sedicente cuya barba cansada y cuyas pedagógicas charlas desanimaron tantas páginas de Quevedo, se ha hecho un viejo Vizcacha en este país y no sabe de solemnismos. El adagio *Más sabe el loco en su casa que el cuerdo en la ajena* ha sido aligerado en *Más sabe el ciego en su casa que el tuerto en la ajena;* aquél de *Más vale llegar a tiempo que rondar un año,* en *Más vale llegar a tiempo que ser convidado,* y ha llegado también a mis oídos en esta ciudá: *Más vale pájaro en mano que afeitarse con vidrio.* He aquí empezada la reformación de proverbios que oyeron pregonar en una calle dos afantasmados protagonistas de *El criticón* (Tercera parte, *crisi* El saber reinar).

En cuanto a las coplas burlescas, hay que separar las coplas rencorosas, satíricas, que son de tradición o espíritu peninsular, de las meramente retozonas que son bien criollas. En España son infinitas las coplas hechas a base de rencor; he aquí algunas:

Más allá del infierno
doscientas leguas
hay una romería
para las suegras.

Se lamentaba un fraile
de dormir solo.
¡Quién pudiera en la celda
meterle un toro!

¡Quién tuviera la dicha
de ver a un fraile
en el brocal de un pozo
y arrempujarle!

El que quisiera mandar
memorias a los infiernos,
la ocasión la pintan calva:
mi suegra se está muriendo.

Veinticinco palillos
tiene una silla.
¿Quieres que te la rompa
en las costillas?

Anoche en tu ventana
vi un bulto negro;
yo pensé que era un hombre
y era un gallego.

No jaserle ningún daño...
sino una puñalaíta
que le parta los reaños.

En el coplerío criollo también las hay de este jaez, pero carecen del ensañamiento español:

> *Del infierno adelante*
> *vive mi suegra,*
> *de miedo de quemarme*
> *no voy a verla.*

> *Me pelié con la vieja,*
> *por la muchacha.*
> *Me pegó con la escoba,*
> *le di con l'hacha.*

Y ésta, de los malevones antiguos, en que lo porteño se ríe de lo francés, y el pañuelo de seda, del cuello duro:

> *Puro cuellito parao,*
> *puro yaquecito abierto,*
> *puro voulez-vous con soda,*
> *puro... que me caiga muerto!*

Pero las coplas criollas de hoy son aquellas en que se desmiente la especulación, en que al oyente le prometen una continuidá y la infringen de golpe:

> *Señores, escuchenmén:*
> *Tuve una vez un potrillo*
> *que de un lao era rosillo*
> *y del otro lao, también.*

> *Orillas de un arroyito,*
> *vide dos toros bebiendo.*
> *Uno era coloradito*
> *y el otro salió corriendo.*

En la orilla de la mar
suspiraba una carreta
y en el suspiro decía:
esperate que están cuartiando.

* * *

¿Autorizan alguna conclusión estas fragmentarias y atropelladas razones? Pienso que sí: la de que hay espíritu criollo, la de que nuestra raza puede añadirle al mundo una alegría y un descreimiento especiales. Esa es mi criollez. Lo demás —el gauchismo, el quichuismo, el juanmanuelismo— es cosa de maniáticos. Tomar lo contingente por lo esencial es oscuridá que engendra la muerte y en ella están los que, a fuerza de color local, piensan levantar arte criollo. Básteme citar dos ejemplos contemporáneos: Fader en la pintura y Carlos Molina Massey en las letras. El cacharro incásico, las lloronas, el escribir *velay*, no son la patria.

Lo inmanente es el espíritu criollo y la anchura de su visión será el universo. Hace ya más de medio siglo que en una pulpería de la provincia de Buenos Aires, se agarraron en un contrapunto larguísimo un negro y un paisano y se fueron derecho a la metafísica y definieron el amor y la ley y el contar y el tiempo y la eternidá. (Hernández, *La vuelta de Martín Fierro*).

Carta en la defunción de *Proa*

Carta a Güiraldes y a Brandán, en una muerte
(ya resucitada) de Proa.

BRANDÁN, RICARDO: Voy a orejear un aniversario teológico. Lejos, aun más lejos, quince cuadras después del lejos, por escampados y terceros y pasos a nivel, nos arrearán hasta un campito al que miren grandes gasómetros (que harán oficio de tambores) y almacenes rosados, cuya pinta será la de los Ángeles que se desmoronarán desde el cielo, acudiendo a pie y a caballo de sus diversas comisarías. Eso será el Juicio Final. Todo bicho viviente será justificado y ensalzado y se verá que no hay ningún Infierno, pero sí muchos Cielos. En uno de ellos (uno que daba a Buenos Aires y que mi novia tuvo en los ojos) nos encontraremos reunidos y empezará una suelta tertulia, una inmortal conversación sin brindis ni apuros, donde se tutearán los corazones y en el que cada cual se oirá vivir en millares de otras conciencias, todas de buena voluntá y alegrísimas. Poco nos dice la patrística sobre esa aparcería del fin del mundo, pero yo pienso que el adelantarnos a ella, que el madrugarlo a Dios, es nuestro jubiloso deber. No sé de intentona mejor que la realizada por *Proa*.

¡Qué lindas tenidas las nuestras! Güiraldes: Por el boquete de su austera guitarra, por ese negro redondelito o ventana que da de juro a San Antonio de Areco, habla muy bien la lejanía. Brandán me parece petisón, pero es que siempre está parado en la otra punta de un verso, de un largo verso suyo que antes de arrebatarnos a todos, se lo ha llevado a él. Macedonio, detrás de un cigarrillo y en tren afable de semidiós acriollado, sabe inventar entre dos *amargos* un mundo y desinflarlo enseguidita; Rojas Paz y Bernárdez y Marechal casi le prenden fuego a la mesa a fuerza de metáforas; Ipuche habla en voz honda y es una mezcla de mano santa y de chasque y trae secretos urgentísimos de los ceibales del Uruguay. Ramón, el Recienquedado y Siemprevenido, tiene también su puesto y hay una barra de admirables chilenos que han atorrado con fervor por unos campos medanosos y últimos y húmedos que a veces raya un viento negro, el *negro viento* que adjetivó Quinto Horacio, hecho tintorero del aire. Somos diez, veinte, treinta creencias en la posibilidá del arte y la amistá. ¡Qué lindas tenidas las nuestras!

Y sin embargo… Hay un santísimo derecho en el mundo: nuestro derecho de fracasar y andar solos y de poder sufrir. No sin misterio me ha salido lo de santísimo, pues hasta Dios nos envidió la flaqueza y, haciéndose hombre, se añadió el sufrimiento y rebrilló como un cartel en la cruz. Yo también quiero descenderme. Quiero decirles que me descarto de *Proa*, que mi corona de papel la dejo en la percha. Más de cien calles orilleras me aguardan, con su luna y la soledá y alguna caña dulce. Sé que a Ricardo lo está llamando a gritos este pampero y a Brandán las sierras de Córdoba. Abur Frente Unico, chau Soler, adiós todos. Y usté Adelina, con esa gracia tutelar que es bien suya, deme el chambergo y el bastón, que me voy.

julio del novecientos veinticinco.

Acotaciones

El otro libro de Fernán Silva Valdés

LA LITERATURA GAUCHESCA siempre fue recordativa y nostálgica. Allá por el cincuenta, en plena Federación y criollaje alzado, el capitán Hilario Ascasubi quiso cantar la plenitud del gauchismo y empezó *Los mellizos de la flor*, descansadísimo novelón de un malevo cuyas diabluras mueven los últimos treinta años del Virreinato. Así es: ya en el cincuenta, alguien en trance de buscar la Edad de Oro gaucha, la halló muy a trasmano y debió hacer trabajo de nostalgia, invocando fechas antiguas como los adivinos y los cuenteros. Veinte años después de Ascasubi, el federal Hernández realizó la empresa de aquél, vueltos los ojos a un anteayer de su entonces, al ya distante patriarcado rosista. Después cantó Obligado, que ubicó el estado de gracia en los tiempos de la Colonia y nos arma un dichosísimo Santos Vega que de golpe, sin saber cómo, suelta un discurso liberal. Lamberti, Elías Regules y José Trelles también plañeron lo pasado. Con voz bien suya en versos tirantes y limpios, observa esa tradición de añoranza Fernán Silva Valdés.

Poemas nativos (nunca *Versadas patrias*, pues no se trata de un remedo gauchesco, sino de culta poesía criolla) es la secuela previsible de *Agua del tiempo*. Como en aquél, han colaborado en su escritura dos hombres distintos y aun antagónicos: uno, el presunto simbolista de *Humo de incienso;* otro, el diestrísimo cantor de *Ha caído una estrella* y de *La calandria*. Sé que al primero casi lo ha suicidado el segundo, pero resucita de tarde en tarde y desliza versos como éste:

> *Sobre la cara tiene los labios de la Esfinge.*
>
> (La taba)

A ese difunto también le quiero echar la culpa del cachivacherío que abarrota algunas estrofas y las asemeja, por su profusión de trebejos criollos, a esas casas paraguayas donde despachan ticholos, yerba y tabletas. Malicio que ese imperdonable embustero es el perpetrador de esta gracia:

> *caen al agua las ruedas, y el arroyo que es*
> *bueno*
> *—pagando bien por mal—*
> *con su propia agua herida le va colgando*
> *flecos.*
>
> (La carreta)

Concepto casi tan absurdo por su famosa falsedá sicológica como el de Almafuerte, al asombrarse de que no le pidieran un vaso de agua los árboles. (*O como el robledal cuya grandeza / necesita del agua y* no la implora...)

El otro, en cambio, el criollo desganado y medio

romanticón que lo ha muerto ¡qué bien está! Medio como quien canta y medio como quien habla, en la indecisión de ambas formas (Silva Valdés canta por cifra como los payadores antiguos en la pelea melodiosa del contrapunto) nos dice su visión del campo oriental. Mejor dicho, su añoranza grande del campo, su creencia en la felicidá de un vivir agreste. Ha pergeñado muchas composiciones lindísimas como *El pago* y *Árbol dorado* y *El clarín* y *Los potros*. Yo se las envidio de veras, de todo corazón. De la *Canción al Paraná Guazú* voy a transcribir unos versos, donde el anhelo de inmortalidá se agarra a cualquier cosa, al rumor de un río, para en él perpetuarse:

> *Paraná Guasú*
> *yo soy tuyo, tuyo desde que nací*
> *y mis cantos están*
> *cantados para ti.*

> *Paraná Guasú*
> *si amor con amor se paga*
> *el día en que yo me muera*
> *tú me cantarás a mí.*

Una apuntación técnica. He censurado siempre las comparaciones visuales, las que aprovechan meramente una semejanza de formas, hecho sin importancia espiritual. Sin embargo, en Silva Valdés hay muchas figuras visuales que me agradan del todo. En ellas vive el Tiempo, ese dramático Antes y Mientras y Después que es la vida y que premisa toda acción:

Mi caballo al galope
va dejando una siembra de pisadas sin cuento...

Oliverio Girondo, *Calcomanías*

Es innegable que la eficacia de Girondo me asusta. Desde los arrabales de mi verso he llegado a su obra, desde ese largo verso mío donde hay puestas de sol y vereditas y una vaga niña que es clara junto a una balaustrada celeste. Lo he mirado tan hábil, tan apto para desgajarse de un tranvía en plena largada y para renacer sano y salvo entre una amenaza de klaxon y un apartarse de transeúntes, que me he sentido provinciano junto a él. Antes de empezar estas líneas, he debido asomarme al patio y cerciorarme, en busca de ánimo, de que su cielo rectangular y la luna siempre estaban conmigo.

Girondo es un violento. Mira largamente las cosas y de golpe les tira un manotón. Luego, las estruja, las guarda. No hay aventura en ello, pues el golpe nunca se frustra. A lo largo de las cincuenta páginas de su libro, he atestiguado la inevitabilidad implacable de su afanosa puntería. Sus procedimientos son muchos, pero hay dos o tres predilectos que quiero destacar. Sé que esas trazas son instintivas en él, pero pretendo inteligirlas.

Girondo impone a las pasiones del ánimo una manifestación visual e inmediata; afán que da cierta pobreza a su estilo (pobreza heroica y voluntaria, entiéndase bien) pero que le consigue relieve. La antecedencia de ese método parece estar en la caricatura y señaladamente en los dibujos animados del biógrafo. Copiaré un par de ejemplos:

> *El cantaor tartamudea una copla que lo desinfla nueve kilos.*
>
> (Juerga)
>
> *A vista de ojo, los hoteleros engordan ante la perspectiva de doblar la tarifa.*
>
> (Semana Santa - vísperas)

Esa antigua metáfora que anima y alza las cosas inanimadas —la que grabó en la *Eneida* lo del río indignado contra el puente *(pontem indignatus Araxes)* y prodigiosamente escribió las figuras bíblicas de *Se alegrará la tierra desierta, dará saltos la soledad y florecerá como azucena*— toma prestigio bajo su pluma. Ante los ojos de Girondo, ante su desenvainado mirar, que yo dije una vez, las cosas dialoguizan, mienten, se influyen. Hasta la propia quietación de las cosas es activa para él y ejerce una causalidad. Copiaré algún ejemplo:

> *¡Noches, con gélido aliento de fantasma, en que las piedras que circundan la población celebran aquelarres goyescos!*
>
> (Toledo)

> *¡Corredores donde el silencio tonifica la robustez de las columnas!*
>
> (Escorial)

> *Las casas de los aldeanos se arrodillan a los pies de la iglesia, se aprietan unas a otras,*

la levantan
como si fuera una custodia,
se anestesian de siesta
y de repiqueteo de campana.

(El Tren Expreso)

Es achaque de críticos el prescribirles una ge-
nealogía a los escritores de que hablan. Cumpliendo
con esa costumbre, voy a trazar el nombre, infalible
aquí, de Ramón Gómez de la Serna y el del escritor
criollo que tuvo alguna semejanza con el gran
Oliverio, pero que fue a la vez menos artista y más
travieso que él. Hablo de Eduardo Wilde.

Las luminarias de Hanukah

Con una emoción veraz y una codicia nunca
desmentida de regalarme con bellezas verbales,
han recorrido mi corazón y mis ojos *Las luminarias
de Hanukah* de Rafael Cansinos Assens, libro escrito
en Madrid y cuya voz es clara y patética en
perfección de prosa castellana, pero que suelta
desde la altiva meseta los muchos ríos de su anhelo
—ríos henchidos y sonoros— hacia la plenitud de
Israel, desparramada sobre la faz de la tierra. La
gran nostalgia de Judá, la que encendió de salmos
a Castilla en los ilustres días de la grandeza
hispano-hebrea, late en todas las hojas y la inmortalidad de esa nostalgia se encarna una vez más
en formas de hermosura. Israel, que por muchas
centurias despiadadas hizo su asiento en las tinieblas,
alza con este libro una esperanzada canción que es
conmovedora en el teatro antiguo de tantas glorias

y vejámenes, en la patria que fue de Torquemada y Yehuda Ha Levy.

Esta novela es autobiográfica. Su perenne interlocutor, ese Rafael Benaser que escudriñando un proceso inquisitorial da con el nombre de un su posible antepasado judío y se siente así vinculado a la estirpe hebraica y hasta entenebrecido de su tradición de pesares, no es otro que Cansinos. El doctor Nordsee es Max Nordau, sin otra máscara que la de inundarle su nombre y engrandecer en mar su pradera... Y así en lo relativo a los demás héroes que insignemente fervorizan, charlan y se apostrofan, sólo atareados a pensar en su raza y a definir su pensamiento en extraordinarias imágenes. Yo debo confesar que esas imágenes son para mí el primer decoro del libro y que, a mi juicio, Rafael Cansinos Assens metaforiza más y mejor que cualquiera de sus contemporáneos. Cansinos piensa por metáforas y sus figuras, por asombrosas que sean, jamás son un alarde puesto sobre el discurso, sino una entraña sustancial. Basta la frecuentación de su obra para legitimar este aserto. Yo mismo, que con alguna intimidad lo conozco, sé que de su escritura a la habitualidad de su habla no va mucha distancia y que igualmente son generosas entrambas en hallazgos verbales. Cansinos piensa con belleza y las estrellas, una sombra, el viaducto, lo ayudan a ilustrar una teoría o a realzar un sofisma.

Sobre el imaginario argumento de *Las luminarias de Hanukah*, sobre la pura quietación en que Cansinos inmoviliza sus temas, quiero adelantar una salvedad. Se trata de un consciente credo estético y no de una torpeza para entrometer aventuras. Cansinos, en efecto, no sufre que en la limpia trama de su novela garabateen inquietud las errátiles hebras de la casualidad y del acaso. El mundo de sus obras es claro y simple y un ritualismo placentero lo rige, sólo equiparable al orden divino que ha dado al Tiempo dos colores —el color azul de los días y el negro de las noches— y que reduce el año a sólo cuatro estaciones como una estrofa a cuatro versos. Lástima grande que esto motive en él la imperdonabilidad de hacer de sus héroes personas esquemáticas, sin más vida que la que el argumento prefija. Es verdad que toda poesía es finalmente convencional y simbólica. El tú en los versos siempre es alusivo a una novia, la aurora es fielmente feliz, la estrella o el ocaso o la luna nueva salen a relucir en el remate del último terceto.

La realidad de todos, la transitada realidad de los hombres en su vida común (esto es, aparencial o superficial) no está representada en *Las luminarias de Hanukah*. Falta asimismo la individual realidad, la de nuestro yo en codicia de dicha y en apetencia de la eternidad de los tiempos para gozar de esa dicha. (A ser Cansinos un novelista de los que llaman psicólogos, el destino de Rafael Benaser hubiera sido el trágico de un hombre que intenta traducir su íntima angustia personal en congoja de raza y que fracasa en ello y nos confiesa su aislamiento.)

Cada literatura es una forma de concebir la realidad. Las de *Las luminarias*, pese a la fecha contemporánea que muestra y a los vagos paisajes madrileños que le sirven de teatro, es realidad de lejanía, de conseja talmúdica. La informa esa

contemplación alargada y ese dichoso aniquila-
miento ante el espectáculo humano, que según
Hegel (*Estética,* segundo volumen, página 446)
son distintivos del Oriente.

Su tiempo mismo no es occidental, es inmóvil:
tiempo de eternidad que incluye en sí el presente,
el pasado y lo porvenir de la fábula, tempo haragán
y rico.

Saint Joan: A Chronicle Play

Orillando los setenta años —en ese tiempo
remansado en que el escritor, ya bien reconocido
el mundo en sus libros, se encuentra en posesión
de la mañana, del mediodía, de la tarde y la noche
y puede consagrarse con justicia a sólo
especularlos— Jorge Bernardo Shaw renuncia al
domingo y da con sus mejores páginas y es
riquísimo en su poniente. Vuelta a *Matusalén* y
Santa Juana evidencian ese don último, esa
incansabilidá en el pensar que ya es famosa
tradición de su pluma. Al primero lo juzgo su mejor
drama (calladamente afirmo con eso que es el
mejor de esta centuria) y del segundo diré que no
le va en zaga. Lo he frecuentado con alegría,
juntando el goce espiritual al razonador, la gustación
del corazón a la del intelecto. Conozco la enteriza
labor de Shaw y en *Santa Juana* no he tropezado
con el menor autoplagio: cosa de que mi pobreza
se maravilla.

Santa Juana de Arco fue heroica y Bernardo
Shaw no le cercena heroicidad. Eso es inusual y
lindísimo: *An das Goettliche glauben / Die allein,*

die es selber sind, pensó Hoelderlin. (Creen solamente en lo divino aquellos que lo son.) En el siglo
pasado hubo muchos hombres que, no creyendo
en lo divino, se atarearon a novelarlo y lo hicieron
a su imagen y semejanza, quiero decir ruinmente.
Eran los abogados de la muerte y les resultaba
inverosímil cualquier pasión, cualquier abundancia del ser, cualquier largueza de la vida. A puro
amarretismo espiritual nos armaron un Argos tuerto,
un Jesucristo librepensador, un Judío Errante que
no llegó ni a la esquina, un Moreira cangalla, un
don Juan Tenorio castísimo, un taciturno
Shakespeare que no supo agarrar la pluma. A unos
los escandalizó el destino de Lázaro, obligado a
resucitar; otros, incapaces de urdir fábulas nuevas,
barajaron las motivaciones de las antiguas y difundieron la de la nobleza de Judas y ese chisme
conventillero sobre si Cristo la festejó a Magdalena.
¡Cuánta intromisión de la muerte, cuánto no-ser o
apenas-ser!

La *Santa Juana* de Shaw no nos infiere super-
cherías de esa ralea. El gran dubitador que la ha
escrito, tan incrédulo de la ciencia y de la misma
literatura, cree muy de veras en la vocación de
heroísmo y a Santa Juana no le ha dudado la
santidad. Ella padece su calvario en sus páginas y
lo mismo puede afirmarse de los demás
interlocutores de la tragedia. No hay personajes
secundarios en la obra. Cada cual, vive la unicidá
del destino suyo y en esas vidas encontradas que
la guerra entrevera y desordena como muchos
aceros, cada uno intenta justificarse y cree poder
contar, allá en la arraigadura del fuero interno, con
la amistad secreta de Dios. Ojalá sea así. El pudor

de cada alma está respetado y el dramatizador no se olvida nunca del yo, de todo el señor yo que hay en el último atorrante y que es tan dueño de la luna y del mundo como cualquiera de nosotros. Esa reverencia prolija, ese astuto y benévolo acatamiento de la unicidá de las almas, es como una herencia de Browning. Pero el de Browning no es el único nombre que su lectura me aconseja; quiero añadir el antitético de Flaubert. Este, a fuerza de arcaísmos y cachivaches, mintió un Cartago que se nos cae a pedazos; Shaw, sin vidrieras ni antiguallas y en un inglés que es contemporáneo de Dempsey, inventa la Edad Media. Tal vez la misma, la mismísima, que ya Dios inventó.

Leopoldo Lugones, *Romancero*

Muy casi nadie, muy frangollón, muy ripioso, se nos evidencia don Leopoldo Lugones en este libro, pero eso último es lo de menos. Que el verso esté bien o mal hecho, ¿qué importa? Los mejores sonetos castellanos que me han desvelado el fervor, los que mis labios han llevado en la soledá (el de Enrique Banchs al espejo, *el retorno fugaz* de Juan Ramón Jiménez y ese dolorosísimo de Lope, sobre Jesucristo que se pasa las noches del invierno esperándolo en vano) también sufren los ripios. Los parnasianos (malos carpinteadores y joyeros, metidos a poetas) hablan de sonetos perfectos, pero yo no los he visto en ningún lugar. Además ¿qué es eso de perfección? Un redondel es forma perfecta y al ratito de mirarlo, ya nos aburre. Puede aseverarse también que con el sistema de

Lugones son fatales los ripios. Si un poeta rima en *ía* o en *aba*, hay centenares de palabras que se le ofrecen para rematar una estrofa y el ripio es ripio vergonzante. En cambio, si rima en *ul* como Lugones, tiene que azular algo en seguida para disponer de un azul o armar un viaje para que le dejen llevar baúl u otras indignidades. Asimismo, el que rima en *arde* contrae esta ridícula obligación: *Yo no sé lo que les diré, pero me comprometo a pensar un rato en el brasero* (arde) *y otro en las cinco y media* (tarde) *y otro en alguna compadrada* (alarde) *y otro en un flojonazo* (cobarde). Así lo presintieron los clásicos, y si alguna vez rimaron *baúl* y *azul* o *calostro* y *rostro*, fue en composiciones en broma, donde esas rimas irrisorias caen bien. Lugones lo hace en serio. A ver, amigos, ¿qué les parece esta preciosura?

> *Ilusión que las alas tiende*
> *En un frágil moño de tul*
> *Y al corazón sensible prende*
> *Su insidioso alfiler azul.*

Esta cuarteta es la última carta de la baraja y es pésima, no solamente por los ripios que sobrelleva, sino por su miseria espiritual, por lo insignificativo de su alma. Esta cuarteta indecidora, pavota y frívola es resumen del *Romancero*. El pecado de este libro está en el no ser: en el ser casi libro en blanco, molestamente espolvoreado de lirios, moños, sedas, rosas y fuentes y otras consecuencias vistosas de la jardinería y la sastrería. De los talleres de corte y confección, mejor dicho. Yo apunté alguna vez que *La rosaleda,* con su cisnerío y sus pabellones era el único verso rubenista que persistía en Buenos Aires; hoy confieso mi error. La tribu de Rubén aún está vivita y coleando como luna nueva en pileta y este *Romancero* es la prueba de ello. Prueba irreparable y penosa.

Lo he leído con buena voluntad y puedo declarar que salvo la primera y la última kásida y alguno de los *lieder,* nada hay en él que no sea reedición de las equivocaciones inmemoriales de la Poesía, de esas rendijas por dode se le trasluce la muerte. Las cosas más sencillas y claras no las entiende y al mismo sol tiene que orificarlo y cambia en perlas al trinar de los pájaros y dice de una pobre rana nochera que es *una tecla de cristal del piano de la luna.* Me alegran las metáforas que ennoblecen, pero no éstas que todo lo rebajan a cachivache.

El *Romancero* es muy de su autor. Don Leopoldo se ha pasado los libros entregado a ejercicios de ventriloquia y puede afirmarse que ninguna tarea intelectual le es extraña, salvo la de inventar (no hay una idea que sea de él: no hay un solo paisaje en el universo que por derecho de conquista sea suyo. No ha mirado ninguna cosa con ojos de eternidad). Hoy, ya bien arrimado a la gloria y ya en descanso del tesonero ejercicio de ser un genio permanente, ha querido hablar con voz propia y se la hemos escuchado en el *Romancero* y nos ha dicho su nadería. ¡Qué vergüenza para sus fieles, qué humillación!

Ejercicio de análisis

Ni vos ni yo ni Jorge Federico Guillermo Hegel sabemos definir la poesía. Nuestra insapiencia, sin embargo, es sólo verbal y podemos arrimarnos a lo que famosamente declaró San Agustín acerca del tiempo: *¿Qué es el tiempo? Si nadie me lo pregunta, lo sé; si tengo que decírselo a alguien, lo ignoro.* Yo tampoco sé lo que es la poesía, aunque soy diestro en descubrirla en cualquier lugar: en la conversación, en la letra de un tango, en libros de metafísica, en dichos y hasta en algunos versos. Creo en la entendibilidá final de todas las cosas y en la de la poesía, por consiguiente. No me basta con suponerla, con *palpitarla;* quiero inteligirla también. Si quieres ayudarme, tal vez adelantaremos algún trecho de ese camino.

El de hoy es cosa tesonera: se trata del análisis de dos versos hechos por autorizadísima pluma y tan inadmisibles o admisibles como los de cualquier verseador. La correntosa inmortalidad del *Quijote* los sobrelleva; están en su primera parte, en el capítulo treinta y cuatro y rezan así:

En el silencio de la noche, cuando
Ocupa el dulce sueño a los mortales...

Y en segunda viene una antítesis, cuyo segundo término es el desvelado amador que se pasa la santa noche entera pensando en su querer y en su insomnio, hasta que se le viene encima el mañana. Vaya el primer endecasílabo:

En el silencio de la noche, cuando

Analicemos con prolija humildá y pormenorizando sin miedo.

En el. Estas son dos casi-palabras que en sí no valen nada y son como zaguanes de las demás. La primera es el *in* latino: sospecho que su primordial acepción fue la de ubicación en el espacio y que después, por resbaladiza metáfora, se pasó al tiempo y a tantas otras categorías. (Los romanos ejercieron otro en que ya se gastó: el *in* batallador de *ludus in Claudium* y que nuestro modismo *En su cara se lo dije* acaso conserva.) *El* es artículo determinado, es promesa, indicio y pregusto de un nombre sustantivo que ha de seguirlo y que algo nos dirá, después de estos neblinosos rodeos. Su acopladura frecuentísima hace casi una sola palabra de *en el*.

Silencio. La segunda definición que formula Rodríguez Navas (quietud o sosiego de los lugares donde no hay ruido) conviene aquí singularmente, pero no nos despeja la incógnita de la adecuación de esa voz. Ya es un milagro chico que la mera ausencia auditiva, que las vacaciones del ruido, tengan su palabra especial y el milagro crece y se agranda si meditamos que esa palabra es un nombre. Eso es mitología del idioma o inconciencia, plenaria o metáfora pausadísima. Todos hablamos del silencio y apenas si concebimos lo que es y el rumor de la sangre en nuestros oídos lo desmiente en la soledá. Sin embargo, escasas palabras hay tan acreditadas. Virgilio habló de *alto silencio* y lo empinado de la adjetivación no debe asustarnos, pues hasta los periodistas lo llaman hondo y lo mismo da equipararlo con los sótanos que con las torres. Plinio el Antiguo se valió de la palabra *silencio* para designar la lisura de la madera. San Juan Evangelista, docto en toda grandiosa farolería y en toda canallada literaria, cuenta que tras de la luna sangrienta y del sol negro y de los cuatro ángeles en las cuatro esquinas del mundo, *fue hecho silencio en el cielo casi por media hora.* Esos alardes no están mal, pero hay que llegar al siglo pasado —gran baratillo de palabras y símbolos— para que al Silencio lo exalten y le añadan mayúscula y nos atruenen vociferándolo. Muchos conversadores vitalicios como Carlyle y Maeterlinck y Hugo no le dieron descanso a la lengua, de puro hablar sobre él. Solamente Edgardo Allan Poe desconfió de la palabreja y escribió aquel verso de *Silence, wich is the merest word all* contra la más palabreras de las palabras.

De la. Estos son otros dos balbuceos y no me le atrevo al examen.

Noche. El diccionario la define de esta manera: *Parte del día natural en que está el sol debajo del horizonte.* Es una definición cronométrica, practicista. ¿Qué noche es ésa sin estrellas ni anchura ni tapiales que son claros junto a un farol ni sombras largas que parecen zanjones ni nada? ¿Esa noche sin noche, esa noche de almanaque o relojería, en qué verso está? Lo cierto es que ya nadie la siente así y que para cualquier ser humano en trance de poetizar, la noche es otra cosa. Es una videncia conjunta de la tierra y del cielo, es la bóveda celeste de los románticos, es una frescura larga y sahumada, es una imagen espacial, no un concepto, es un mostradero de imágenes.

¿Cuándo empezó a verse la noche? No podemos averiguarlo, pero es lícito suponer que no la levantamos de golpe. Ni vos ni yo dimos con el sentido reverencial que tenemos de ella: para eso han sido menester muchas vigilias de pastores y de astrólogos y de navegantes y una religión que lo ubicase a Dios allá arriba y una firme creencia astronómica que la estirara en miles de leguas. Quedan naciones que aún le conservan los andamios a ese edificio: me refiero a los hombres del mar del Sur que hablan de diez pisos de cielo y a los chinos que lo escalonan en treinta y tres. También los escritores han contribuido y quizá más que nadie. Sin yo quererlo, están en mi visión de la noche el virgiliano *Ibant obscuri sola sub nocte per umbram* y la noche amorosa, la noche amable más que la alborada de San Juan de la Cruz y la última noche linda que he visto escrita, la del *Cencerro* de Güiraldes. Esas y muchas más y una noche romanticona del novecientos cinco que para mí está embalsamada en un aire que yo sé tararear pero no escribir y cuya letra declaraba que *a la luz de la pálida luna / en un barco pirata nací...*

En mis *Inquisiciones* (páginas 157-9) he señalado la diferencia entre el concepto clásico de la noche y el que hoy nos rige. Los latinos, con lógica severísima, sólo le vieron dos colores al tiempo y para ellos la noche fue siempre negra, y el día, siempre blanco. En el *Parnaso español* de Quevedo se conserva alguno de esos días blancos, muy desmonetizado.

Cuando ocupa. Hay una pausa injustificadísima entre esas dos palabras. Esa pausa, según Lugones, es la solemne salvaguardia del verso: es la frontera que media entre lo poético y lo prosaico. Esa pausa evidencia la rima. Pero como aquí nos falta el último verso de la cuarteta y a lo mejor no rima con el primero, no sabremos nunca (según Lugones) si esto es verso o prosa. *Occupare* en latín es voz militar, sinónima de *invadere* y de *corripere*. Cervantes la usa aquí sueltamente, a falta de otro verbo mejor.

El dulce sueño. ¿Qué greguerizador antiquísimo, qué Alberto Hidalgo encontrador de metáforas dio con esta adjetivación, según la cual son comparables el sueño y el sabor de la miel, el paladeo y el dejar de vivir un rato? Lástima es opinar que no ha existido nunca ese hombre magnífico y que aquí no hay otro milagro que el de la gradual sinonimia de *placentero* y *dulce*. La imagen (si hay alguna) la hizo la inercia del idioma, su rutina, la casualidá.

A los mortales. Alguna vez estuvo implicado el morir en eso de mortales. En tiempo de Cervantes, ya no. Significaba los demás y era palabra fina, como lo es hoy.

* * *

Pienso que no hay creación alguna en los dos versos de Cervantes que he desarmado. Su poesía, si la tienen, no es obra de él; es obra del lenguaje. La sola virtud que hay en ellos está en el mentiroso prestigio de las palabritas que incluyen. *Idola Fori,* embustes de la plaza, engaños del vulgo, llamó Francisco Bacon a los que del idioma se engendran y de ellos vive la poesía. Salvo algunos renglones de Quevedo, de Browning, de Whitman y de Unamuno, la poesía entera que conozco: toda la lírica. La de ayer, la de hoy, la que ha de existir. ¡Qué vergüenza grande, qué lástima!

Milton y su condenación
de la rima

LA MÁS ALTIVA y justiciera refutación de la rima la formuló hace ya casi trescientos años, no un aprendiz de rimador ni un barullero de las letras, sino un varón doctísimo cuyas resplandecientes hazañas en el soneto y en la epopeya lo acreditaron de inmortal. Hablo de Milton y del razonamiento que se lee en la portada de su *Paraíso perdido*. Contra toda razón, tan significativo documento no tiene curso entre nosotros. En estos días en que la validez del verso blanco ha sido puesta en tela de juicio y hasta rechazada someramente por uno de nuestros más famosos poetas, juzgo muy oportunos su traducción y su comentario.

He aquí el texto de Milton:

La medida de esta composición es verso heroico inglés no rimado, como el de Homero en griego y el de Virgilio en latín. La rima, en hecho de verdad, no es un aditamento necesario ni un verdadero adorno de los poemas o del buen verso (particularmente en obras extensas), sino invención de una época bárbara, para levantar ideas ruines y metros cojos. Ha sido agraciada, eso sí, por el uso de algunos famosos modernos a quienes arrastró la costumbre y que debieron, mal de su grado y no sin trabas, compulsión y molestia, expresar muchas cosas diferentemente y en general peor de lo que hubieran hecho, a no regirlos el consonante. Con entera justicia, varios excelentes poetas italianos y castellanos han rechazado la rima en composiciones largas y breves, según la suprimieron hace tiempo nuestras mejores tragedias inglesas, como a cosa trivial para los oídos juiciosos, y de ningún deleite musical verdadero: deleite que reside solamente en medidas aptas, en la oportuna cantidad de sílabas y en el sentido desarrollándose variadamente de verso en verso, no en el sonsonete de terminaciones iguales —falta evitada por los clásicos, en la poesía y en toda buena oratoria. Esta mi omisión de la rima no debe ser tomada por un defecto, aunque tal vez haya lectores vulgares que así lo juzguen; antes debe ser estimada como un ejemplo, el primero en inglés, de antigua libertad restituida al poema heroico, emancipándolo de la trabajosa y moderna sujeción de rimar. (Paradise Lost, *The verse.*)

Tal es la advertencia de Milton. La he trasladado íntegramente por su forma no atropellada y lacónica y por hallarse formulados en ellos los tres argumentos que podemos inferirle a la rima: el argumento histórico, el hedónico y el intelectual.

El argumento histórico es evidente. A los mil y un continuadores de Banville, para quienes la rima es lo sustancial en poesía, basta recordarles que literaturas enteras la han ignorado, que los griegos emplearon en su lugar la cantidad silábica y los

106

escaldas la aliteración. Schopenhauer, en unas anotaciones a la poética que volverán a aconsejarme en esta escritura, dice con palabras parecidas y con intención idéntica a la de Milton: El ritmo es herramienta mucho más noble que la rima, que fue despreciada por los antiguos y se engendró de los idiomas imperfectos que, por corrupción de los primitivos, surgieron en épocas de barbarie. (*El mundo como voluntad y representación,* segundo volumen, capítulo treinta y siete, página 501 de la edición alemana de Eduardo Grisebach.)

A fuer de buenos clasicones, Milton y Schopenhauer se apoyaron con predilección en este primer argumento. Yo quiero confesar, con impolítica sinceridad, que no me entusiasma su tesis, pues incurre en el mismo error que la de los rimadores: en rebajar el verso a pura dependencia de los oídos y no de la imaginativa y del corazón. Además, este argumento arcaizante nos aconsejaría la elaboración de versos latinos, y ciertamente no nos hemos aligerado de sonetos para forcejear con grecismos y latinismos a lo don Esteban de Villegas.

El argumento segundo es el hedónico, y consiste en negar o tener en poco el agrado que se atribuye a la rima. Es argumento personal; yo me acuerdo enteramente con él. ¿Qué gusto puede ministrarnos escuchar *flecha* y saber que al ratito vamos a ecuchar *endecha* o *derecha*? Hablando más precisamente, diré que esa misma destreza, maña y habilidad que hay en ligar las rimas, es actividad del ingenio, no del sentir, y sólo en versos de travesura sería justificable. En cuanto a la audición de la rima, cada día es menos gustosa, y cuatro o cinco páginas escritas en la cuaderna vía de Gonzalo de Berceo, o en versos pareados, son cosa irresistible. El consonante es la deleitación más burda de los oídos, y es hasta inmusical. ¿No son auditivamente perfectos estos versos de Garcilaso?

> *Corrientes aguas, puras, cristalinas,*
> *Árboles que os estáis mirando en ellas,*
> *Verde prado, de fresca sombra lleno.*

Para nosotros, hombres al fin casi contemporáneos de Whitman, sí que lo son. Para el toledano Garcilaso, atento a la lección de Petrarca, parece que no lo fueron, pues entorpeció con rimas su música, continuándolos de este modo:

> *Aves que aquí sembráis vuestras querellas.*
> *Yedra que por los árboles caminas*
> *Torciendo el paso por su verde seno,*
> *Yo me vi tan ajeno*
> *Del grave mal que siento*
> *Que de puro contento...*

El tercer argumento, el intelectual, es el más certero de todos y acusa a los rimadores de no seguir la correlación y la natural simpatía de las palabras, sino la contingencia del consonante: esto es, de suicidarse intelectualmente, de ser parásitos del retruécano, de no pensar. ¿No es ridícula obligación la de imaginarse el color del cielo y en seguida un atorrante y después un árbol que nadie ha visto y acto continuo una especie de tejido de punto? Sin embargo, allí está la popularísima rima de *azul, gandul, abedul* y *tul* que nos inflige esa incongruencia y lo mismo puede afirmarse de muchas otras, salvo de las palabras en *ado*. Verdad es que a éstas suelen menospreciarlas por fáciles, cosa que ni siquiera es cierta, pues entre quinientas o seiscientas voces hay posibilidad de elección (lo que ya es acto intelectual) y entre cuatro o cinco, no hay sino ripio obligatorio.

Esta conciencia de lo extravagante del rimar no es privativa de nuestro siglo. Ya lo hemos escuchado a Milton; escuchemos ahora a Quevedo, eterno madrugador y anticipador de toda novedad literaria:

> *Forzóme el consonante a llamar necia*
> *A la de más talento y mayor brío*
> *¡Oh ley de consonantes, dura y recia!*
> *Habiendo en un tercero dicho lío,*
> *Un hidalgo afrenté tan solamente*
> *Porque el verso acabó bien en judío.*

En su antecitado capítulo, Schopenhauer motejó de *alta traición al entendimiento* a la costumbre de violentar la expresión pura y precisa de una idea, para aconsonarla con otra. En unos párrafos trascritos por Max Nordau (*Degeneración*, libro tercero, capítulo segundo) Guyau contrapone la secuencia lógica del razonar al obligatorio desorden que hay en la rima. Es indudable que esa misma exigencia de acoplar conceptos lejanos es generadora de imágenes, pero por una buena hay diez pésimas y es humillador que el poeta sea limosnero del azar y lengua del caos.

Confieso la parcialidad de este escrito. Los argumentos en favor de la rima son conocidísimos; por eso mismo, he debido enfatizar los adversos.

Examen de un soneto de Góngora

Es uno de los más agradables que alcanzó el famoso don Luis y las antologías lo frecuentan. Yo mismo, en rueda de literatos, lo he dicho alguna vez de memoria y mi tono canturriador al decirlo, ha sido siempre tan condenado por todos, como elogiados fueron los versos del cordobés. He vivido muchos años en su amistad y recién hoy me atrevo a enjuiciarlos.

Aquí están los mentados catorce versos, copiados de la edición bruselense que Francisco Foppens, impresor y mercader de libros, publicó en mil seiscientos cincuenta y nueve. Guardo las versales y la ortografía original, no su puntuación:

> *Raya, dorado Sol, orna y colora*
> *Del alto Monte la lozana Cumbre,*
> *Sigue con agradable Mansedumbre*
> *El rojo paso de la blanca Aurora.*
>
> *Suelta las riendas a Favonio y Flora*
> *Y usando al esparcir tu nueva lumbre,*
> *Tu generoso oficio y Real costumbre,*
> *El mar argenta y las Campañas dora.*

Para que desta Vega el campo raso
Borde, saliendo Flérida, de Flores.
Mas si no hubiera de salir, acaso,

Ni el Monte rayes, ornes ni colores
Ni sigas del Aurora el rojo paso
Ni el Mar argentes ni los Campos dores.

¡Qué colores tan lindos y qué asombrosa sale la pastorcita al final! ¡Qué visión más grande y madrugadora, esa en que no se estorban a la vez la serranía, la mitología, el mar, las campañas!

Andemos despacito ahora, sin malquerencia valbuenera ni voluntad de reverenciar, idolátrica. Vaya el renglón imperativo que abre el soneto:

Raya, dorado Sol, orna y colora

Aquí tenemos enfilados tres verbos que no sabremos nunca si correspondieron a tres realidades distintas en el ánimo de don Luis o a su justificada altivez al gritarlo al Sol. Yo, por mi parte, no acierto a distinguir esos tres momentos del amanecer y pienso que para consentir esa trinidad, lo mejor es afirmar que a la exaltación de la escena le queda bien la generosa vaguedad de la frase. Ignoro si este argumento paliativo lo convencerá al lector; a mí, nunca.

En cuanto a la adjetivación del primer cuarteto, Zidlas Milner, en amorosísimo y meditadísimo estudio sobre Góngora y Mallarmé, la ensalza por su precisión y su novedad. Es uno de tantos modos de equivocarse. ¿Cómo suponer que en la España del mil seiscientos, traspasada de literatura ingeniosa, hubo novedad en llamarlo dorado al sol y alto al monte y lozana a la cumbre y blanca a la aurora? No hay ni precisión ni novelería en estos adjetivos obligatorios, pero tal vez hay algo mejor. Hay un enfatizar las cosas y recalcarlas, que es indicio de gozamiento. Decir *alto monte* es casi decir *monte montuoso,* puesto que la esencia del monte es la elevación. *Luna lunera,* dicen las chicas en la ronda catonga y es como si dijeran *luna bien luna.*

> *Sigue con agradable mansedumbre*
> *El rojo paso de la blanca Aurora*

parece un contrasentido: es como si admiráramos la agradable mansedumbre del barco que la sigue a la proa y del perro que va detrás de un ladrido suyo y de la quemazón que está siguiéndolos cortésmente al humo y las llamas. De golpe reparamos en nuestro error: aquí de veras no hay un amanecer en la sierra, lo que si hay es mitología. El sol es el dorado Apolo, la aurora es una muchacha greco-romana y no una claridad. ¡Qué lástima! Nos han robado la mañanita playera de hace trescientos años que ya creíamos tener.

> *El rojo paso de la blanca Aurora*

es verso que resplandece; sus dos colores son brillantes e ingenuos como los de una bandera y no hay en ellos el evidente mal gusto que publican los heliotropos, los violetas y los lilas de Juan Ramón. Son colores propios de la poesía renacentista y los hallamos apareados en Shakespeare.

Más blanco y colorado que palomas o rosas

dice de Adonis, en una composición shakespiriana, la urgente Venus. También la Sagrada Escritura los apareó (pero contrastándolos) en aquella promesa sobre las almas rojas de pecar que serían purificadas y hechas blancas como vellones. Finalmente, recordaré a Swinburne que los juntó, no para el placer sino para el miedo, en esa su invectiva contra el Zar Blanco, a quien llama

Blanco en el nombre, y en la mano rojo.

En cuanto a la rareza de que sea blanca la aurora y rojo su paso, conviene no entenderla, ya que este verso está dirigido notoriamente a la imaginación, no a la razón.

En seguida aparecen Favonio y Flora. Horrorizado, me aparto para que pasen y me quedo mirando la mejor metáfora del soneto:

Tu generoso oficio y Real costumbre.

Lo bienhechor y lo prefijado del sol están enunciados con felicidad en esta sentencia. El soneto final del mejor libro de poesías realizado en este país (he aludido a *La Urna* de Enrique Banchs) incluye una imagen —¿una imagen?—, una verdad, que es parecidísima a la de Góngora:

Como es su deber mágico dan flores
Los árboles.

Deber mágico. Generoso oficio. Real costumbre. En tales locuciones desaparece la diferencia

114

escolástica, aristotélica, que hay entre adjetivos y sustantivos y sólo un *quantum* de énfasis los aparta.

El Mar argenta y las Campañas dora

es otro cuadrito. Podría decir de él que es fáustico, pero al fin y al cabo el único libro enteramente fáustico que conozco (ensalzador de la infinitud espacial y la temporal) es el *De Rerum Natura* lucreciano, libro de la época apolínea. La cosa me hace desconfiar de esas brillantes temporadas históricas.

¿Qué sentir sobre los dos tercetos finales, que nada sienten? Don Luis abdica en ellos el universo de platero que ha ido enchapando y renuncia en pro del querer, al dorado sol y al argentado mar y al rayado, ornado y colorado monte y a los también dorados campos. Es decir, ejecuta un simulacro de abdicación, ya que de su amor no nos dice nada y vuelve a prontuariarlo al paisaje, con ganas que desmienten esa renuncia.

Se nos gastó el soneto. No he realizado ni una disección vengativa a lo don Juan de Jáuregui ni una prolija aprobación maniatada a lo don Francisco de Córdoba. He dicho mi verdad: la de la medianía de estos versos, la de sus aciertos posibles y sus equivocaciones seguras, la de su flaqueza y ternura enternecedoras ante cualquier reparo. Alguien me dirá que todo verso es desbaratable a fuerza de argumentos y que los argumentos mismos lo son. Sin duda y ésa es la herida por donde se les trasluce la muerte. Yo he querido mostrar en la pobreza de uno de los mejores, la miseria de todos.

No pretendo ser desanimador de ninguna esperanza. No creo demasiado en las obras maestras (ojalá hubiera muchos renglones maestros), pero juzgo que cuanto más descontentadiza sea nuestra gustación, tanto más probable será que algunas páginas honrosas puedan cumplirse en este país.

La balada de la cárcel de Reading

En su final declinación, la primavera suele ostentar jornadas dulcísimas que no son menos asombrosas y bienquistadas de todos que las que en su comienzo atendieron y cuyo agrado consabido se enriquece de todas las memorias que las bonanzas de septiembre legaron. Jornadas hay que abrevian en su don último la plenitud de una estación. También en los descensos y diciembres de las épocas literarias hay escritores que resumen la entereza de gracia que hubo en su siglo y en cuya voz se clarifica esa gracia. No de otra suerte Heine (*letzter Fabelkönig der Romantik,* último soberano legendario del imperio romántico, según reza su dicho) reinó sobre los altos ruiseñores y las rosas pesadas y las lunas innumerables que fueron insignias de su época.

En la labor de Wilde confluyen asimismo dos fuertes ríos, el prerrafaelismo y el simbolismo, ríos que informaron corrientes de una más indudable manantialidad que la suya y de una voz más entrañal en el canto. Básteme citar, entre los ingleses, los magistrales nombres de Swinburne, de Rossetti y hasta del propio Tennyson. Los tres lo aventajaron fácilmente en intensidad y además el primero en la invención de altivas metáforas, el segundo en tecniquería y el último en halago sonoro. Al recordar estas notorias verdades, no es mi intención contradecir la agradabilidad peculiar que hay en los escritos de Wilde, sino ubicarlo con justicia en su tiempo. Wilde no fue un gran poeta ni un cuidadoso de la prosa, pero sí un irlandés vivísimo que encerró en epigramas un credo estético que otros anteriormente diluyeron en largas páginas. Fue un agitador de ideas ambientes. Su actividad fue comparable a la que hoy ejerce Cocteau, si bien su gesto fue más suelto y travieso que el del citado francesito. Obra de pura travesura la suya, suscitó siempre el ajeno asombro sin incurrir jamás en el solemnismo ni en las grandiosas vaguedades que tan comunes son en los artistas que sólo quieren asustar y de las que hay sobrados ejemplos en Almafuerte y en Hugo. Esa teatralidad wildeana que nunca se embaucó a sí misma y que jamás degeneró en sermón, es cosa plausible y más aun si recordamos la petulante vanidad que hubo en él. Es sabido que Wilde pudo haberse zafado de la condena que el pleito Queensberry le infligió y que no lo hizo por creer que su nombradía bastaba a defenderlo de la ejecución de ese fallo. Una vez condenado, estaba satisfecha la justicia y no había interés alguno en que la sentencia se realizase. Le dejaron pues una noche para que huyese a Francia y Wilde no quiso aprovechar el pasadizo largo de esa noche y se dejó arrestar en la mañana siguiente. Muchas motivaciones pueden explicar su actitud: la egolatría, el fatalismo o acaso una curiosidad de apurar la vida en todas sus formas o hasta una urgencia de leyenda para su fama venidera...

Todo es posible en tratándose de él y en el aclaramiento de ese gesto está la solución del otro enigma psicológico que resalta en su vida: el de la conversión de Wilde. Hay quien ha puesto en duda la veracidad de esa conversión; yo estoy casi seguro de ella. Un hecho para mí es indubitable: la transformación total de su estilo, su abandono de frases ornamentales, su dicción simple, casi familiar y vernácula. En la conmovedora *Ballad of Reading Gaol* abundan los pormenores realistas y hay una involuntaria y áspera dejadez de expresión. *We banged the tins and bawled the hymns* (Golpeamos las latas y aullamos los rezos) dice en el tercer canto, frase tan imposible en el autor de *Salomé* como pudiera serlo un chiste en las composiciones de Oyuela.

Erraría sin embargo quien arbitrase que el único interés de la famosa *Balada* está en el tono autobiográfico y en las inducciones que sobre el Wilde final podemos sacar de ella. Nada más lejos de mi pensar; la *Balada* es poesía de veras y éste es dictamen que la emoción de todo lector confiesa y repite. Su austeridad es notabilísima; casi nada sabemos del personaje central y casi lo primero que sabemos es que va a ser ajusticiado, que es una inexistencia. Sin embargo, su muerte nos conmueve. Poder inexistir con eficacia a un personaje que apenas se ha hecho existir, es hazaña de gran valía. Wilde ha cumplido esa proeza.

Invectiva contra el arrabalero

EL LUNFARDO es una jerga artificiosa de los ladrones; el arrabalero es la simulación de esa jerga, es la coquetería del compadrón que quiere hacerse el forajido y el malo, y cuyas malhechoras hazañas caben en un bochinche de almacén, favorecido por el alcohol y el compañerismo. El lunfardo es un vocabulario gremial como tantos otros, es la tecnología de la furca y de la ganzúa: el arrabalero es cosa más grave. Parece natural que las sociedades padezcan su quantum de rufianes y de ladrones: en lo atañedero a los unos, Cervantes declaró que su oficio era de grande importancia en la república, y en cuanto al robo, el padre del Gran Tacaño dijo que era arte liberal, no mecánica. Lo que sí parece asombroso es que el hombre corriente y morigerado se haga el canalla y sea un hipócrita al revés y remede la gramática de los calabozos y los boliches. Sin embargo, el hecho es indesmentible. En Buenos Aires escribimos medianamente, pero es notorio que entre las plumas y las lenguas hay escaso comercio. En la intimidad propendemos, no al español universal, no a la honesta habla criolla de los mayores, sino a una infame jerigonza donde las repulsiones de muchos dialectos conviven y las palabras se insolentan como empujones y son tramposas como naipe raspado.

¿Influirá duraderamente en nuestro lenguaje esa afectación? El doctor don Luciano Abeille vería cumplirse en ella ese chúcaro idioma nacional que hace veinticinco años nos recomendó y prescribió; los lexicógrafos Garzón y Segovia ya le franquearon la hospitalidad de sus diccionarios (quizá para engrosar el volumen y la importancia de entrambos libros) y, finalmente, hay escritores y casi escritores y nada escritores que la practican. Algunos lo hacen bien, como el montevideano Last Reason y Roberto Arlt; casi todos, peor. Yo, personalmente, no creo en la virtualidad del arrabalero ni en su dictadura de harapos. Aquí están mis razones:

La principal estriba en la cortedad de su léxico. Me consta que se renueva regularmente, y que los reos de hoy no hablan como los compadritos del Centenario, pero se trata de un juego de sinónimos y eso es todo. Por ejemplo: ahora dicen *cotorro* en vez de *bulín*. El signo ha variado, pero la representación que muestra es idéntica, y eso no es riqueza, es capricho. En realidad, el arrabalero es sólo una almoneda de sinónimos para conceptos que atañen a la delincuencia y a los interlocutores de ella. Habrá un manojo de palabras para decir la cárcel, otro para el rufián, otro para el asalto, otro para la policía, otro para las herramientas del placer (así llamó don Francisco de Quevedo a ciertas mujeres), otro para el revólver. Esa pluralidad verbal o indigencia conceptual es muy explicable. El lunfardo es idioma de ocultación, y sus vocablos son tanto menos útiles cuanto más se publican. El arrabalero es la fusión del habla porteña y de las heces trasnochadas de ese cambiadizo lunfardo. Las *Memorias de un vigilante,* publicadas el año noventa y siete, registran y dilucidan prolijamente muchísimas palabras lunfardas que hoy han pasado al arrabalero, y que seguramente los ladrones ya no usan.

Esa intromisión de jerigonzas en el lenguaje, ni siquiera es dañina. El decurso de una lengua mundial como la española no es comparable nunca al claro proceder de un arroyo, sino a los largos ríos, cuyo caudal es turbio y revuelto. Nuestro idioma, fortalecido en el predominio geográfico, en la universalidad de su empleo y en la fijación literaria, puede recibir afluentes y afluentes, sin que éstos lo desaparezcan; antes, muy al revés. El arrabalero es un arroyo Maldonado de la lingüística: playo, desganado, orillero, conmovedor de puro pobrecito, ciudadano de Palermo y de Villa Malcolm. ¿De dónde van a tenerle miedo el río y los mares?

El ejemplo de la germanía viene a propósito. La germanía fue el lunfardo hispánico del Renacimiento y la ejercieron escritores ilustres: Quevedo, Cervantes, Mateo Alemán. El primero, con esa su sensualidad verbal ardentísima, con ese su famoso apasionamiento por las palabras, la prodigó en sus bailes y jácaras, y hasta en su grandiosa fantasmagoría *La hora de todos*; el segundo le dio lugar preeminente en el *Rinconete* y *Cortadillo,* el tercero abundó en voces germanescas en su novela *El pícaro Guzmán* de Alfarache. Juan Hidalgo, en su *Vocabulario de germanía,* publicado por primera vez en 1609 y repetido en varias impresiones, registra las siguientes palabras que hoy pertenecen a nuestro público repertorio y que ya no precisan aclaración: *acorralado, agarrar, agravio, alerta, apuestas, apuntar, avizorar, bisoño, columbrar, desvalijar, fornido, rancho, reclamo, tapia y retirarse.* Es decir, quince palabras germanescas, quince palabras de ambiente ruin, se han adecentado, y las demás yacen acostadas en el olvido. ¡Qué envilecimiento bochornoso del español, qué peligro para el idioma! Si la germanía, jerigonza que registró un millar de vocablos y con la que se encariñaron escritores famosos, no pudo entrometerse plenamente en el castellano, ¿qué hará nuestro arrabalero, nuestro atorrantito y chúcaro arrabalero?

(En Buenos Aires son de vulgar frecuencia estas voces de germanía: *soba, gambas, fajar, boliche y bolichero.* Las tres iniciales conservan su significación primitiva de aporreamiento, piernas y azotar; las dos últimas ya no se dicen del *garito* y del *coime,* sino de la taberna y del tabernero. La traslación es fácil, si recordamos que *garito* y *taberna* pueden incluirse en un concepto genérico de lugares de reunión.

Poco numerosa pero notoria es la difusión del caló jergal en nuestro lunfardo. *Guita, chamullar, junar, madrugar* (adelantarse a herir), suenan con parecido son en el habla del chulo y en la del compadre; *gil* deriva de *gilí,* voz gitanesca que significa cándido, memo. Otra semejanza es la consentida por el calificar los objetos según la acción que ejercen. Así los ojos, que en germanía fueron los *avizores,* en porteño son los *mirones;* los zapatos allá son los *pisantes,* aquí los *caminantes...*

Ahondando en estas conformidades de jerga, señalaré que no en balde puso Quevedo en labios del rufianejo Pablos de Segovia, que *habiéndole sabido la Grajales bien y mejor que todas esta vida, determinó de pasarse a Indias con ella y de navegar en ansias los dos.* Yo tengo para mí que nuestros malevos son la simiente de ese triste casal y no me maravilla que sus lenguas corroboren su sangre.)

Jerga que desconoce el campo, que jamás miró las estrellas y donde son silencio decidor los apasionamientos del alma y ausencia de palabras lo fundamental del espíritu, es barro quebradizo que sólo un milagroso alfarero podrá amasar en vasija de eternidad. Para eternizarla, sería preciso hacerle pronunciar verídica pasión, alguna sorna criolla y mucha certidumbre de sufrimiento. No le faltan levantadas imágenes: en Saavedra he escuchado *fogata* por baile, y por bailar, *prenderse en la fogata.* También las hubo en la muerta germanía que llamó *racimo* al ahorcado y *consuelo* a la voz y *viuda* a la horca.

Sólo hay un camino de eternidad para el arrabalero, sólo hay un medio de que a sus quinientas palabras el diccionario las legisle. La receta es demasiado sencilla. Basta que otro don José Hernández nos escriba la epopeya del compadraje y plasme la diversidad de sus individuos en uno solo. Es una fiesta literaria que se puede creer. ¿No están preludiándola acaso el teatro nacional y los tangos y el enternecimiento nuestro ante la visión desgarrada de los suburbios? Cualquier paisano es un pedazo de *Martín Fierro;* cualquier compadre ya es un jirón posible del arquetípico personaje de esa novela. Novela, ¿novela escrita en prosa suelta o en las décimas que inventó el andaluz Vicente Espinel para mayor gloria de criollos? A tanto no me llega la profecía, pero lo segundo sería mejor para que las guitarras le dieran su fraternidad y lo conmemorasen los organitos en la oración y los trasnochadores que se meten cantando en la madrugada.

¡Qué lindo ser habitadores de una ciudad que haya sido comentada por un gran verso! Buenos Aires es un espectáculo para siempre (al menos para mí), con su centro hecho de indecisión, lleno de casas de altos que hunden y agobian a los patiecitos vecinos, con su cariño de árboles, con su tapias, con su Casa Rosada que es resplandeciente desde lejos como un farol, con sus noches de sola y toda luna sobre mi Villa Alvear, con sus afueras de Saavedra y de Villa Urquiza que inauguran la pampa. Pero Buenos Aires, pese a los dos millones de destinos individuales que lo abarrotan, permanecerá desierto y sin voz, mientras algún símbolo no lo pueble. La provincia sí está poblada: allí están Santos Vega y el gaucho Cruz y Martín Fierro, posibilidades de dioses. La ciudad sigue a la espera de una poetización.

Pero esa novela o epopeya aquí barruntada, ¿podría escribirse toda en porteño? Lo juzgo muy difícil. Hay las trabas lingüísticas que señalé; hay otra emocional. El idioma, en intensidad de cualquier pasión, se acuerda de Castilla y habla con boca sentenciosa, como buscándola. Esa nostalgia suena en estos versos del *Martín Fierro:*

> *Nueva pena sintió el pecho*
> *Por Cruz, en aquel paraje...*

Profesión de fe literaria

Yo soy un hombre que se aventuró a escribir y aun a publicar unos versos que hacían memoria de dos barrios de esta ciudad que estaban entreveradísimos con su vida, porque en uno de ellos fue su niñez y en el otro gozó y padeció un amor que quizá fue grande. Además, cometí algunas composiciones rememorativas de la época rosista, que por predilección de mis lecturas y por miedosa tradición familiar, es una patria vieja de mi sentir. En el acto se me abalanzaron dos o tres críticos y me asestaron sofisterías y malquerencias de las que asombran por lo torpe. Uno me trató de retrógrado; otro, embusteramente apiadado, me señaló barrios más pintorescos que los que me cupieron en suerte y me recomendó el tranvía 56 que va a los Patricios en lugar del 96 que va a Urquiza; unos me agredían en nombre de los rascacielos; otros, en el de los rancheríos de latas. Tales esfuerzos de incomprensión (que al describir aquí he debido atenuar, para que no parezcan inverosímiles) justifican esta profesión de fe literaria. De este mi credo literario puedo aseverar lo que del religioso: es mío en cuanto creo en él, no en cuanto inventado por mí. En rigor, pienso que el hecho de postularlo es universal, hasta en quienes procuran contradecirlo.

Este es mi postulado: toda literatura es autobiográfica, finalmente. Todo es poético en cuanto nos confiesa un destino, en cuanto nos da una vislumbre de él. En la poesía lírica, este destino suele mantenerse inmóvil, alerta, pero bosquejado siempre por símbolos que se avienen con su idiosincrasia y que nos permiten rastrearlo. No otro sentido tienen las cabelleras, los zafiros y los pedazos de vidrio de Góngora o las perradas de Almafuerte y sus lodazales. En las novelas es idéntico el caso. El personaje que importa en la novela pedagógica *El criticón,* no es Critilo ni Andrenio ni las comparsas alegóricas que los ciñen: es el fraile Gracián, con su genialidad de enano, con sus retruécanos solemnes, con sus zalemas ante arzobispos y próceres, con su religión de la desconfianza, con su sentirse demasiado culto, con su apariencia de jarabe y fondo de hiel. Asimismo, nuestra cortesía le finge credulidades a Shakespeare, cuando éste infunde en cuentos añejos su palabreo magnífico, pero en quien creemos verdaderamente es en el dramatizador, no en la hijas de Lear. Conste que no pretendo contradecir la vitalidad del drama y de. las novelas; lo que afirmo es nuestra codicia de almas, de destinos, de idiosincrasias, codicia tan sabedora de lo que busca, que si las vidas fabulosas no le dan abasto, indaga amorosamente la del autor. Ya Macedonio Fernández lo dijo.

El caso de las metáforas es igual. Cualquier metáfora, por maravilladora que sea, es una experiencia posible y la dificultad no está en su invención (cosa llanísima, pues basta ser barajador de palabras prestigiosas para obtenerla), sino en causalizarla de manera que logre alucinar al que lee. Esto lo ilustraré con un par de ejemplos. Describe Herrera y Reissig (*Los peregrinos de piedra*, página 49 de la edición de París):

> *Tirita entre algodones húmedos la arboleda;*
> *La cumbre está en un blanco éxtasis idealista...*

Aquí suceden dos rarezas: en vez de neblina hay algodones húmedos entre los que sienten frío los árboles y, además, la punta de un cerro está en éxtasis, en contemplación pensativa. Herrera no se asombra de este duplicado prodigio, y sigue adelante. El mismo poeta no ha realizado lo que escribe. ¿Cómo realizarlo nosotros?

Vengan ahora unos renglones de otro oriental (para que en Montevideo no se me enojen) acerca del obrero que suelda la vía. Son de Fernán Silva Valdés y los juzgo hechos de perfección. Son una metáfora bien metida en la realidad y hecha momento de un destino que cree en ella de veras y que se alegra con su milagro y hasta quiere compartirlo con otros. Rezan así:

> *Qué lindo,*
> *vengan a ver qué lindo:*
> *en medio de la calle ha caído una estrella;*
> *y un hombre enmascarado*
> *por ver qué tiene adentro se está quemando*
> */en ella...*

Vengan a ver qué lindo:
en medio de la calle ha caído una estrella;
y la gente, asombrada,
le ha formado una rueda
para verla morir entre sus deslumbrantes
boqueadas celestes.

Estoy frente a un prodigio
—a ver quién me lo niega—
en medio de la calle
ha caído una estrella.

A veces la sustancia autobiográfica, la personal, está desaparecida por los accidentes que la encarnan y es como corazón que late en la hondura. Hay composiciones o líneas sueltas que agradan inexplicablemente: sus imágenes son apenas aproximativas, nunca puntuales; su argumento es manifiesto frangollo de una imaginación haragana, su dicción es torpe y, sin embargo, esa composición o ese verso aislado no se nos cae de la memoria y nos gusta. Esas divergencias del juicio estético y la emoción suelen engendrarse de la inhabilidad del primero: bien examinados, los versos que nos gustan a pesar nuestro, bosquejan siempre un alma, una idiosincrasia, un destino. Más aùn: hay cosas que por sólo implicar destinos, ya son poéticas: por ejemplo, el plano de una ciudad, un rosario, los nombres de dos hermanas.

Hace unos renglones he insistido sobre la urgencia de subjetiva u objetiva verdad que piden las imágenes; ahora señalaré que la rima, por lo descarado de su artificio, puede infundir un aire de embuste a las composiciones más verídicas y que su actuación es contrapoética, en general. Toda poesía es una confidencia, y las premisas de cualquier confidencia son la confianza del que escucha y la veracidad del que habla. La rima tiene un pecado original: su ambiente de engaño. Aunque este engaño se limite a amargarnos, sin dejarse descubrir nunca, su mera sospecha basta para desalmar un pleno fervor. Alguien dirá que el ripio es achaque de versificadores endebles; yo pienso que es una condición del verso rimado. Unos lo esconden bien y otros mal, pero allí está siempre. Vaya un ejemplo de ripio vergonzante, cometido por un poeta famoso:

Mirándote en lectura sugerente
Llegué al epílogo de mis quimeras;
Tus ojos de palomas mensajeras
Volvían de los astros, dulcemente.

Es cosa manifiesta que esos cuatro versos llegan a dos, y que los dos iniciales no tienen otra razón de ser que la de consentir los dos últimos. Es la misma trampa de versificación que hay en esta milonga clásica, ejemplo de ripio descarado:

Pejerrey con papas,
butifarra frita;
la china que tengo
nadie me la quita...

He declarado ya que toda poesía es plena confesión de un yo, de un carácter, de una aventura humana. El destino así revelado puede ser fingido, arquetípico (novelaciones del *Quijote,* de *Martín*

Fierro, de los soliloquistas de Browning, de los diversos Faustos), o personal: autonovelaciones de Montaigne, de Tomás De Quincey, de Walt Whitman, de cualquier lírico verdadero. Yo solicito lo último.

¿Cómo alcanzar esa patética iluminación sobre nuestras vidas? ¿Cómo entrometer en pechos ajenos nuestra vergonzosa verdad? Las mismas herramientas son trabas: el verso es una cosa canturriadora que anubla la significación de las voces; la rima es juego de palabras, es una especie de retruécano en serio; la metáfora es un desmandamiento del énfasis, una tradición de mentir, una cordobesada en que nadie cree. (Sin embargo, no podemos prescindir de ella: el *estilo llano* que nos prescribió Manuel Gálvez es una redoblada metáfora, pues *estilo* quiere decir, etimológicamente, punzón, y *llano* vale por aplanado, liso y sin baches. Estilo llano, punzón que se asemeja a la pampa. ¿Quién entiende eso?)

La variedad de palabras es otro error. Todos los preceptistas la recomiendan; pienso que con ninguna verdad. Pienso que las palabras hay que conquistarlas, viviéndolas, y que la aparente publicidad que el diccionario les regala es una falsía. Que nadie se anime a escribir *suburbio* sin haber caminoteado largamente por sus veredas altas; sin haberlo deseado y padecido como a una novia; sin haber sentido sus tapias, sus campitos, sus lunas a la vuelta de un almacén, como una generosidad... Yo he conquistado ya mi pobreza; ya he reconocido, entre miles, las nueve o diez palabras que se llevan bien con mi corazón; ya he escrito más de un libro para poder escribir, acaso, una página. La página justificativa, la que sea abreviatura de mi destino, la que sólo escucharán tal vez los ángeles asesores, cuando suene el Juicio Final.

Sencillamente: esa página que en el atardecer, ante la resuelta verdad de fin de jornada, de ocaso, de brisa oscura y nueva, de muchachas que son claras frente a la calle, yo me atrevería a leerle a un amigo.

Posdata

Confieso que este sedicente libro es una de citas: haraganerías del pensamiento; de metáforas; mentideros de la emoción; de incredulidades; haraganerías de la esperanza. Para dejar de leerlo, no es obligación agenciárselo: basta haberlo ido salteando en las hojas de La Prensa, Nosotros, Valoraciones, Inicial, Proa.

J.L.B.

El tamaño de mi esperanza *se publicó en Buenos Aires, con el sello de la Editorial Proa, en el mes de julio de 1926. Aquella única edición tuvo quinientos ejemplares y fue ilustrada por Xul Solar, quien diseñó los "dragoncitos embanderados" que cerraban cada capítulo. En esta nueva edición se han corregido las erratas y adoptado criterios tipográficos modernos, respetando allí donde aparecen el vocabulario y la ortografía "criollistas"* (ciudá, estendido, kásida) *de Jorge Luis Borges, así como las diferencias* (Shakespear, Shakespeare) *que se registran en la transcripción de ciertos nombres propios.*

EL EDITOR

Indice

Inscripción 7

El tamaño de mi esperanza 11
El *Fausto* criollo 15
La pampa y el suburbio son dioses 21
Carriego y el sentido del arrabal 27
La tierra cárdena 33
El idioma infinito 39
Palabrería para versos 45
La adjetivación 51
Reverencia del árbol en la otra banda 59
Historia de los ángeles 63
La Aventura y el Orden 69
Las coplas acriolladas 73
Carta en la defunción de *Proa* 81
Acotaciones 85
   El otro libro de Fernán Silva Valdés 85
   Oliverio Girondo, *Calcomanías* 88
   Las luminarias de Hanukah 90
   Saint Joan: A Chronicle Play 93
   Leopoldo Lugones, *Romancero* 95
Ejercicio de análisis 99
Milton y su condenación de la rima 105
Examen de un soneto de Góngora 111
La balada de la cárcel de Reading 117
Invectiva contra el arrabalero 121
Profesión de fe literaria 127

Posdata 135

Esta edición
se terminó de imprimir en
Cosmos Offset S.R.L.
Coronel García 444, Avellaneda,
en el mes de Junio de 1995.